fantasmas:
MÁS ALLÁ DE LA MUERTE

Otras obras de Carlos Trejo
en el Grupo Planeta

Cañitas

❖

Casas embrujadas

❖

Historias vivas de espantos y
muertos

❖

Evidencias de vida después de
la muerte

CARLOS TREJO

fantasmas:
MÁS ALLÁ DE LA MUERTE

Planeta

Diseño de portada: Ana Paula Dávila
Ilustración de portada: Tanque, S.A. de C.V.
Fotografías de portada e interiores: Archivo del autor, registradas en el
Instituto Nacional del Derecho de Autor

© 2005, Carlos Trejo
Derechos reservados
© 2005, Editorial Planeta Mexicana, S.A. de C.V.
Avenida Insurgentes Sur núm. 1898, piso 11
Colonia Florida, 01030 México, D.F.

Primera edición: octubre de 2005
ISBN: 970-37-0424-7

Impreso en los talleres de Litográfica Ingramex, S.A. de C.V.
Centeno núm. 162, colonia Granjas Esmeralda, México, D.F.
Impreso y hecho en México - *Printed and made in Mexico*

www.editorialplaneta.com.mx
www.planeta.com.mx
info@planeta.com.mx

Dedico este libro a personas muy especiales que han dejado huella en mi vida dándome un gran ejemplo con su amistad, honradez, respeto y cariño incondicional tanto para mí como para mi familia, agradezco enormemente a Dios por permitirme conocerlos y poder agradecerle a cada uno de ellos:

Chava Ortiz y su esposa Virginia Godínez de Ortiz, la señora Talina Fernández, Jorge Muñiz (Coque), Adal Ramones y a su inseparable compañero, Yordi Rosado, y Mariano Osorio.

Dios los bendiga

Presentación

Cuando era pequeño soñaba con vivir en épocas pasadas y poder mirar a través del tiempo. Hubiera querido luchar con dragones, salvar alguna princesa y ser parte de la historia. Esto para mí representaba algo maravilloso y me parece que con este libro he logrado algo semejante. Viajar en el tiempo y vivir grandes momentos que han dejado huella en nuestro pasado. Saber cómo y cuándo ocurrieron muchas cosas espléndidas y por qué algunos de sus protagonistas, sin saberlo, quedaron atrapados en el tiempo y perduran hoy día, pero en forma distinta, como espectros que rondan los lugares que habitaron en vida.

Tales espíritus han pervivido de generación en generación, han morado en multitud de pueblos, en ciudades grandes y pequeñas, y han dejado su huella en importantes países, que se sienten orgullosos de contar con esta clase de sucesos fantasmales. Por esto nació una disciplina conocida como parasicología, creada para tratar de dar explicación a hechos aparentemente imposibles, pero aclaro que aunque la ciencia no ha logrado demostrar muchas cosas, eso no quiere decir que tales fenómenos no existan. En parasicología hay dos áreas de estudio: una es la paranormal, que estudia, por ejemplo, casas embrujadas, sicofonías y fantasmas. La otra es el área de lo sobrenatural, cuya misión es estudiar duendes, monstruos, viajeros en el tiempo, etcétera.

He publicado varios libros, como *Cañitas, Casas embrujadas, Historias vivas de espantos y muertos* y *Evidencias de vida después de la muerte.* Todos ellos, gracias a ti, son un éxito, y en muestra de reconocimiento hoy te entrego este de fantasmas, para cuya elaboración me vi obligado a investigar en otros continentes, buscando respuestas a las apariciones más importantes que han ocurrido en el mundo. En verdad, necesito encontrar un fenómeno lo suficientemente repetido para poderlo estudiar, y era ya momento de atravesar continentes, sin dejar de investigar en mi país, México, para tratar de quitar el velo que separa la vida de la muerte. Tenía que crecer, descubriendo e investigando temas lejanos, pero que es importante abordar, para saber por qué ciertos seres están aquí, qué hacen, qué buscan. He perseguido sobre todo la verdad de los hechos, no lo que nos invitan a creer. Para lograrlo ha sido necesario recorrer pueblos y comunidades en busca de respuestas. Tenía que estar yo ahí.

Con este libro puedo ubicarme a nivel internacional y demostrar que México es el mejor en esta área. En el transcurso de estas aventuras de investigación me encontré en una gran esfera llena de acontecimientos y sucesos extraños, increíbles. En algunos hallé cierta lógica y en otros no. Estos últimos siguen encerrados en el terror de su propia época.

Con este libro podrás viajar conmigo en el tiempo e investigar en lugares donde jamás imaginaste que podrían existir hechos paranormales y sobrenaturales presentes hasta nuestros días y que siguen haciendo sufrir a muchas personas.

Como investigador profesional, voy directo al lugar de los hechos, donde se tejió la historia. Ese es mi compromiso contigo desde que empecé mi carrera, hace muchos años, y quiero dejar claro que no es lo mismo ser un recopilador de información que un verdadero investigador, como lo soy yo. La diferencia es muy clara. Mientras yo salgo a buscar la información y realizo investigaciones, los recopiladores están tranquilamente sentados en sus casas esperando algún video interesante o cierta información (que en muchos casos toman de mis investigaciones).

¿Comunicación con los muertos?

Entre los síquicos siempre se esconde una gran cantidad de defraudadores. Sabemos de los que predicen la suerte o el futuro, y otros. Esta área es muy compleja y trataré de ser lo más claro posible.

Muchos se hacen llamar médiums y según ellos pueden entrar en contacto con fantasmas. Me he presentado en innumerables sesiones espiritistas y en todas he logrado descubrir que están planeadas y han sido disfrazadas con gran cantidad de distractores, como velas o incienso. Algunos, más astutos, utilizan la sicología inversa, que combinada con una buena actuación da excelentes resultados. ¿Cómo es esto? Muy fácil. Tú, que lees este libro, seguramente no me conoces personalmente, ni yo a ti. Pero imaginemos que te hallas ante mí para que te diga tu futuro.

Empiezo diciendo: "por mis grandes poderes síquicos, entre". Tú te sientas cómodamente en una silla que está frente a mí, yo saco mis utensilios de trabajo que pueden ser caracoles, café, velas, incienso, agua, tu propia mano, cartas esotéricas. "Escoge lo que desees. ¿Listo?" En seguida te miro fijamente a los ojos durante algunos segundos, realizo un cálculo de tu edad, veo qué me puede decir tu físico, tu nivel social; observo tus manos, el tipo de ropa y tu estado de ánimo, quizá tu nerviosismo. Así puedo darme cuenta de tu perfil.

Empiezo la estafa diciéndote: "eres es una persona emprendedora con gran deseo de amar y buscas a la persona indicada". Si contestas esta pregunta afirmativamente, tengo ya una forma excelente de presagiar tu buenaventura, y esta es la pauta para seguir elaborando tu posible "futuro".

Ejemplo: si me dices que estás buscando a la persona amada, yo podría responderte: "esa persona está muy cerca de ti. Pero hay que darle tiempo. Has tenido varios desamores, pero pronto, muy pronto, esto terminará. Abre tu corazón y el gran amor de tu vida aparecerá".

Como puedes ver, todo lo que estoy diciendo es obvio, y así, con cada respuesta afirmativa o negativa que me des, empezaré a crear tu esquema. Al término de cada sesión es común pedir que se pague una buena cantidad y hacer que los clientes salgan del lugar con una nueva cita. En las reuniones del espíritu santo, por orden del supremo se pide a las personas que aporten una buena cantidad de billetes.

Yo diría a estos defraudadores: "Jesús, que tenía el don de la adivinación y el poder curativo, nunca cobró un solo centavo por los favores que realizó a sus semejantes. ¿Ustedes por qué sí?"

Todo esto se llama sicología inversa y este truco ha hecho que los estafadores tengan buenos medios para vivir. Pero eso no quiere decir que no exista el poder síquico, con la gran diferencia de que quien realmente lo tiene no cobra, no lucra. Para ser más claro: no roba ni estafa a las personas.

Son escasas las personas que tienen este poder, y entre estas se hallaba una señora de nombre Leonora Piper. Muy famosa en su época. Su poder síquico desconcertó a los grandes investigadores de finales del siglo pasado y principios de este. Hasta la fecha, muchos la recordamos como la única persona de su tiempo que podía hablar con los muertos. Déjame adentrarte en la historia de la señora Piper.

La señora Leonora Piper era una mujer muy sencilla, originaria de Nueva Inglaterra, y guardaba uno de los misterios más grandes del mundo síquico. Siempre estaba dispuesta a que se investigara el don que tenía y gran parte de su vida fue objeto de investigaciones, como las de William James, sicólogo reconocido por la Universidad de Harvard.

James, en 1885, al escuchar de la señora Piper, se puso a investigar los rumores relacionados con ella. Estuvo en varias sesiones y muy pronto no sólo quedó maravillado sino también convencido del increíble don de la señora Piper.

En una ocasión, hallándose ella en trance, el doctor James le dijo que su suegra había perdido una libreta de banco. La señora Piper indicó con exactitud dónde se encontraba la libreta. Después, James se dirigió a casa de su suegra, entró rápidamente al lugar donde se suponía se hallaba la famosa libreta y la encontró sin problema.

En otra ocasión la señora Piper dijo al doctor que su suegra, de nombre Kate, había muerto en las primeras horas de la mañana. Cuando el doctor retornó a su casa halló un telegrama que le notificaba el fallecimiento. Aunque la señora Piper gozaba de la total confianza del doctor James, cabía la posibilidad de que hubiera conocido documentos o tuviese acceso a información sobre la familia James.

En una de las sesiones, William James se hizo acompañar de un catedrático de la Universidad de Oxford. Estando en trance, la señora Piper dijo cómo se llamaba el amigo del doctor James, dio también el nombre de su padre, mencionó de qué había muerto y ofreció varios pormenores exactos acerca de su persona. Al cabo de varias sesiones el doctor James escribió el siguiente testimonio: "creo que la señora Piper posee facultades no explicadas hasta hoy".

Este informe llegó a la Sociedad británica de estudios síquicos y los socios, incrédulos, se comunicaron con el médico para decirle que cómo era posible que un hombre de ciencia de su talento pudiera creer en ese tipo de acontecimientos. La Sociedad pidió que el brillante doctor Richard Hodgson, graduado en la Universidad de Cambridge y experto en desenmascarar a los prodigiosos síquicos charlatanes, asumiera la tarea de descubrir a la señora Piper.

El doctor Hodgson se trasladó a Boston para asistir a una sesión, acompañado por el doctor James. Este lo presentó como el señor Smith ocultando su verdadera personalidad. Pero Piper, al entrar en trance, dijo cuál era su verdadero nombre y cuántos miembros de su familia vivían aún; también mencionó que un tal Fred, primo de Hodgson, había estado en Australia y como saltador era muy ágil. Todo esto sólo sirvió para que Hodgson quedara convencido de que la señora Piper era muy lista y astuta.

Durante dos años el doctor Hodgson contrató numerosos detectives para que siguieran a la señora Piper, así como a toda su familia; esto con intención de saber si se valía de terceros para investigar las vidas de las familias o personas que atendía en sus sesiones. Pero todo falló.

Después hizo traer personas de diferentes poblaciones y lugares del mundo, y con todo lo que realizó durante ese tiempo, nunca logró tener bases para descubrir un posible fraude. Dispuesto a reconocer el don de Leonora Piper, el doctor Hodgson se aprestó a realizar una última prueba: trasladar a la señora Piper a un lugar en el extranjero donde nadie la conociera y no tuviera contacto con parientes o amigos.

Cuando se lo dijo a ella, la señora Piper repuso: "con esto voy a demostrar que soy una persona honrada. Acepto ir a donde usted me diga".

Fue trasladada a Inglaterra y desembarcó en Liverpool. Los miembros de la Sociedad síquica se turnaron para que la señora Piper no se comunicara con nadie ni platicara con persona alguna. Después la hicieron entrevistarse con el profesor Oliver Lodge —hasta la fecha reconocido por sus trabajos científicos—. Antes de recibir a la señora Piper, el profesor guardó todos sus álbumes familiares, así como la Biblia y cualquier objeto que pudiera relacionarlo con su propia familia o religión. Una vez que estuvieron juntos, la señora Piper entró en trance y dijo que se encontraba en el espíritu del doctor Phinuit, difunto médico francés que había residido en Metz. Consideraron que la voz que salía del cuerpo de la señora Piper era muy teatral, pero que el trance era real. Sin embargo, quedaban muchas dudas. El científico se levantó y sin que la señora Piper se diera cuenta, con una pequeña navaja le cortó la muñeca derecha. Asombrosamente, no brotó sangre ni hubo reacción por parte de ella. Posteriormente, Lodge cortó la muñeca izquierda, con el mismo resultado. Al salir del trance, la señora Piper miró sus muñecas y en ese momento sintió dolor. Fue necesario entonces curar las heridas, de las cuales quedaron unas pequeñas cicatrices que empezaron a sangrar.

Todos los científicos presentes no tuvieron argumentos para tachar a la señora Piper de estafadora. Después de 88 sesiones se descubrió que ella podía describir con precisión no solamente el pasado, sino también el presente y el futuro, pues mencionaba acontecimientos que posteriormente ocurrirían.

La señora Piper regresó a Boston en el año de 1890, con la fama de sus increíbles éxitos. Nunca cobró un centavo por usar sus increíbles poderes. Dejó maravillados a grandes científicos, que pudieron comprobar y testificar su don.

El abogado George Pellew murió en el año 1892 a consecuencia de una caída. En una sesión, su espíritu se presentó frente a su familia y a partir de ese momento se convirtió en el guía espiritual de la señora Piper. Como último recurso personal, el doctor Hodgson llamó a más de treinta personas, familiares del abogado, y las reunió con cien desconocidos, con intención de que la señora Piper no reconociera a unos y otros y cayera en contradicciones. Nuevamente fracasó, pues la señora logró reconocer a los treinta familiares y decir sus nombres, así como los de las cien personas que no lo eran.

La señora Piper convenció a muchos investigadores, pero algunos manifestaron que debía poseer un increíble don de telepatía. En el año de 1898, al retornar de su segunda visita a Inglaterra, se topó con un incrédulo amigo del doctor Hodgson, quien en secreto asistió a 17 sesiones con la señora Piper. Se transportaba en un carro perfectamente cerrado y entraba con disfraz y de puntillas a fin de que ella no se enterara de que se hallaba en el lugar. Sin embargo, desde la primera sesión la señora Piper dijo quién era y dónde vivía.

Por primera vez, el investigador que había descubierto una gran cantidad de fraudes y desenmascarado a muchos charlatanes, además de que era catedrático en la Universidad James Hyslop, quedó asombrado y dijo que había podido hablar con su padre.

En 1901 la señora Piper anunció que no haría más sesiones, argumentando que estaba cansada de tanto experimento; siempre salía un nuevo escéptico y no deseaba ir convenciéndolos uno a uno. El don que tenía, fuera lo que fuera, ya no sería estudiado más. El doctor Hodgson se dio a la tarea de evitar que la señora Piper suspendiera las sesiones y ella las continuó hasta el 31 de julio de 1911, cuando las abandonó porque su salud estaba en peligro. Quedaron más de tres mil páginas de escritos debidamente firmados y testificados por grandes personalidades científicas. Fue la investigación más prolongada de la historia, con un costo aproximado de 150 mil dólares.

La señora Piper pasó su vejez con una de sus hijas en un apacible barrio de Boston. Muy contadas personas sabían dónde estaba. Rara vez, acompañada de su hija, salía a dar un paseo.

La señora Piper convenció a los más grandes científicos de dos naciones y al morir entregó al mundo un secreto: "nos aguarda otra vida después de la muerte".

Como verás, esta es una historia verídica que pude rescatar de diferentes archivos. Imagínate que cualquiera de los que se dicen síquicos pudiera realmente tener este don. Es importante recalcar que esta mujer nunca cobró por sus servicios y esa es otra forma de demostrar la veracidad de los hechos.

El don síquico nace y muy pocas veces se llega a desarrollar. En mi caso, he soñado acontecimientos o problemas sin que por ello pueda considerarlo un don desarrollado. Hay casos, como en los lazos sentimentales entre las personas, amigos o padres, en que se puede contar con sensibilidad síquica. Un ejemplo es cuando una madre se encuentra en casa realizando cualquier actividad y siente gran angustia por su hijo. En ese momento su familiar puede estar siendo víctima de algún tipo de agresión o accidente. Esto es normal en la mayoría de las personas.

En una ocasión venía conduciendo por avenida Patriotismo, acompañado por una amiga. Eran aproximadamente las dos de la tarde y empecé a sentir una sensación muy extraña. Le comenté a ella que me sentía angustiado y ella me preguntó si me sentía mal físicamente. Dije que no y preferí detenerme y estacionarme un momento. Entonces, una patrulla pasó deprisa. Lo increíble es que unos metros adelante estaban asaltando un banco y un balazo penetró en la patrulla e hirió a uno de los policías. Mi acompañante se me quedó mirando desconcertada y me preguntó qué había sentido para detener el auto.

Este don logré desarrollarlo porque normalmente estoy en contacto con cosas extrañas, y es elemental que se despierte un sexto sentido. Claro que hay personas que lo tienen muy desarrollado, como la señora Piper. Pero la pregunta es: ¿por qué hay personas que lo tienen? Y la respuesta dice que eso viene desde el momento de nuestro nacimiento. Cuando nacemos, al salir del vientre de mamá nuestro cráneo se "fractura", metafóricamente se parte en dos. Durante los primeros años de vida se deben tener muchos cuidados, por eso nuestros papás cuidan mucho la mollera, la cual es la abertura de nuestro cráneo que deja el cerebro totalmente descubierto. Como el cerebro no tiene ninguna protección en estos primeros años de nuestra vida, es cuando poseemos mayor poder síquico. Hay mucha energía que entra y sale constantemente, y por este motivo hay muchos niños que dicen que juegan con amigos imaginarios, así como otros pueden mencionar con gran exactitud detalles que revelan que conocen al abuelito, aun cuando este tenga ya muchos años de muerto. Conforme vamos creciendo, las partes del cráneo se van sellando y cubren el cerebro. Así vamos perdiendo poderes síquicos, pero hay personas a quienes el cráneo no se les cierra completamente, cosa que se conoce como cerebro abierto. Es el caso de la señora Piper.

Mencionemos como cosa curiosa que la señora Leonora Piper no conoció al gran escapista Houdini, pues este apenas había acordado una cita con ella cuando murió de peritonitis.

Drácula

¿Quién no ha escuchado de este terrible personaje que Hollywood inmortalizó en diferentes películas? Aterraba, mataba y bebía la sangre de sus víctimas, y la cantidad de cintas realizadas sobre él es impresionante. Esto demuestra que Drácula, como personaje de novela y mercadotecnia, es muy grande. ¿Mas qué tan cierta es su existencia? ¿Cuánta ficción hay? ¿Hay algo de verdad en todo lo que lo rodea? ¿Habrá existido alguien, en algún momento de la historia, que bebiera sangre para inmunizarse contra la vejez y la muerte, envuelto en historias de amor, odio y venganza? Parece una historia increíble y para constatarla tenía que investigar de la única forma que conozco: en el lugar de los hechos, enterándome de la cultura de la gente que vive en Transilvania. Porque la cultura, las costumbres, las formas de pensar y actuar varían de acuerdo con la comunidad y el medio ambiente. Y no se trataba de viajar con la imaginación, sino en forma real y tangible, para descubrir la verdadera historia de ese ser ubicado más allá de la vida y de la muerte: Drácula. Como lo he comentado, no quería buscarlo en libros o películas, ni esperar a que me lo contaran. Necesitaba ir directamente al corazón de Transilvania.

Durante varios meses planeamos el viaje. No es fácil llegar a ese lugar y todo tenía que ser perfecto. Primero consultamos con la embajada para ver si nos permitirían investigar en los diferentes castillos que habitó

Drácula y también con la finalidad de obtener información confiable. La cita concertada con el destino, así como con el personaje, tenía para mí un nombre: Drácula.

En el mes de junio de 2005, a las ocho de la noche, abordé un avión rumbo a Europa. Durante las primeras doce horas de vuelo fui ordenando la información que tenía para corroborarla con lo que pudiera investigar. La historia de Drácula está definitivamente ligada a Vlad Tepes, Vlad el Empalador, a quien el mundo entero conoce como Drácula o Dracul, que quiere decir hijo del diablo. Nació en Rumania (1428-1476). Hijo de Vlad Dracul (que significa Vlad el Diablo), caballero de la Orden del Dragón, y nieto de Mircea el Grande, soberano de Valaquia (1368-1418). Fue un príncipe rumano que por sus hazañas y su nada corriente personalidad, atrajo el interés de las personas de forma muy especial, no sólo entre sus contemporáneos sino también en la posteridad. Drácula fue un defensor de la independencia de su país y del cristianismo, aunque algunos lo ven como un caso patológico, pues torturaba y mataba para divertirse o por placer.

Fue uno de los tres hijos legítimos de Vlad el Diablo, príncipe de Valaquia (antiguo principado danubiano que con Moldavia formó el reino de Rumania). Valaquia tiene dos regiones: la Muntenia, situada al este del río Olt, y la Oltenia, al oeste. El viejo Vlad ganó por méritos propios el sobrenombre de Dracul, dada su crueldad y sangre fría, que heredó a su predecesor. No se conoce con exactitud la fecha y lugar de nacimiento de su hijo, Vlad Tepes, pero se estima que vio la primera luz allá por 1428 en la ciudad de Sighisoara (en la región de Brashov, en Transilvania) fundada en 1280. Su padre residía allí en una mansión que hoy todavía se conserva: el castillo Bran. El hijo ha pasado a la historia por su apodo: Drácula (que proviene de *draculea*. La terminación *ulea*, en rumano, quiere decir "hijo de", por lo que Drácula podría traducirse como "hijo del diablo"). Gobernó como príncipe de Valaquia en 1448, de 1456 a 1462 y finalmente en 1476, año de su muerte. El pueblo le puso como sobrenombre Tepes, el Empalador, pues la pena capital a la que era aficionado y aplicaba con más frecuencia era el empalamiento.

Entremos al mundo de Drácula o Vlad el Empalador. Si te encuentras leyendo estas líneas a solas en la noche, te recomiendo que enciendas una vela y nos adentremos juntos a su mundo, donde reina la oscuridad. Recuerda que la luz del fuego y el dolor de un pasado cruel es lo que nos ha legado Dracul. En aquellos tiempos, el trono de Valaquia estaba amenazado por los turcos y los húngaros, y en el interior, por los nobles ávidos de poder que luchaban entre ellos con salvajismo y ferocidad bestial. La trágica muerte del padre de Vlad, ejecutado por Iancu de Hunedoara en 1447, obligó al joven a ponerse del lado de los turcos —adversarios de Iancu—, con cuya ayuda accedió al trono de Valaquia en septiembre de 1448. El príncipe Vladislav II, pretendiente al trono apoyado por los húngaros y la población de origen alemán, fue derrotado en Kosovo (al norte de la actual Macedonia, junto al río del mismo nombre), pero Vlad sólo consiguió conservar el trono unas pocas semanas.

Poco se sabe de la vida y hechos de Vlad de 1448 a 1456. Durante estos años Vlad fue separándose de los turcos y estrechando relaciones con su enemigo Iancu de Hunedoara.

Su forma de pensar y de actuar era moralmente reprobable. Su sola presencia provocaba temor y desconfianza. No tenía amigos y nadie le demostraba ningún tipo de estima. Se convirtió en una persona solitaria y rencorosa, aunque era práctico e inteligente y un excelente estratega en la guerra. No era extraño en esa época cambiar de ideas según las conveniencias políticas; basta, para comprobarlo, echar un vistazo a la historia de los grandes y diversos reinos de la Europa occidental. Los virajes políticos de Vlad sólo manifestaban una cosa: su deseo de volver a reinar en Valaquia. Seguía atentamente los crecientes desacuerdos entre Iancu y Vladislav, y cuando el 23 de abril de 1452 Iancu inició la guerra y arrebató a su rival las ciudades y propiedades que poseía en Transilvania, Vlad aprovechó la circunstancia al ofrecerse al vencedor como pretendiente al gobierno de esas posesiones, prometiendo una "fidelidad inquebrantable". Sin embargo, en abril de 1455 Vladislav irrumpió en Transilvania arrasando, matando, quemando y saqueando las poblaciones. Draculea, deseando retornar al trono, solicitó y obtuvo el mando de un pequeño ejército, aprovechando la intervención en la guerra del monarca húngaro Ladislao V de Habsburgo, archiduque de Austria y rey de Bohemia, que veía amenazados sus intereses en la región. La pugna les fue favorable, pues lograron apresar a Vladislav, a quien hicieron decapitar en la ciudad de Tirgusor (cerca de Tirgovisthe, la antigua capital de Valaquia). El 3 de julio fue una fecha importante para Vlad, puesto que volvía a reinar y garantizaba a sus súbditos la protección contra los turcos y el libre comercio del otro lado de las montañas de Valaquia, a cambio de que le prestaran ayuda en caso de guerra.

El hecho de que el nuevo príncipe obrase con "demasiada independencia", dio la voz de alarma a los húngaros y alemanes, los cuales fueron modificando su actitud y en febrero de 1457 solicitaron a sus súbditos que apoyaran a otros pretendientes. No tardaron en iniciarse una serie de alianzas e intrigas, acompañadas (como podía esperarse) de lealtades y traiciones. En el año 1459, Draculea ordenó empalar a algunos rebeldes destacados y arrojar al fuego a otros, siendo este el macabro y tortuoso inicio de su carrera de crueldades. Favorecido por la suerte, en la primavera de 1460 logró atrapar al más peligroso de sus adversarios, Dan Voeivod, al que obligó a cavar su propia tumba y asistir a sus funerales antes de hacerlo decapitar. El 24 de agosto redujo a los últimos rebeldes e hizo empalar a algunos. Cuando lograba capturarlos, usaba una de sus técnicas favoritas. Mandaba fabricar palos de tres o cuatro metros de altura con punta en ambos lados. Clavaban un extremo en la tierra y en el otro, por demás afilado, colocaban en vida a la víctima y lo atravesaban en el palo justo a la mitad de su cuerpo (a la altura del tórax). El peso del cuerpo provocaba que la estaca lo atravesara poco a poco y los gritos eran desgarradores. Mas para Vlad representaban triunfo y gozo.

Consolidado en el trono, el Empalador se alzó contra los turcos, a quienes no pagaba los tributos que le exigían desde hacía tres años. El sultán Muhammad II, conquistador de Constantinopla, conociendo el temple de su enemigo y la bravura de sus guerreros, prefirió utilizar la cabeza antes que la fuerza. Le envió como mensajero al traidor griego Catavolinos, quien citó a Vlad en Giurgiu (fortaleza y puerto danubiano, no lejos de Bucarest) para solucionar un "pequeño problema fronterizo", e hizo apostarse cerca de la población un destacamento de tropas escogidas al mando de Hamza Beg. Vlad fingió caer en la trampa (hombre astuto y de una gran maldad, se había olido que la situación no era normal, menos tratándose de un asunto de tan poca importancia) y se presentó con parte de los tributos pendientes y algunos presentes para el sultán, pero a la vez llevaba un fuerte grupo de caballería que logró derrotar a los turcos (muy inferiores en número). Se apoderó del lugar e hizo prisioneros al griego y al general otomano, los cuales, con el resto de los apresados, fueron conducidos a Tirgovisthe, capital de Valaquia, y empalados. Animado por el éxito, Vlad se pasó a la orilla derecha del Danubio para incendiar y saquear. El 11 de enero de 1462, en una carta dirigida al nuevo soberano húngaro, Matías Corvino, dijo haber acabado con más de 24 mil enemigos, cuyas cabezas hizo amontonar para contarlas. A consecuencia de estas invasiones, los turcos estaban tan desmoralizados que muchos prefirieron abandonar Estambul ante el temor de que Vlad se apoderase de la ciudad conquistada unos años atrás, en la que aún quedaba gente que recordaba el espléndido periodo bizantino.

Enfurecido, Muhammad II dispuso un ejército de unos 250 mil hombres y una flota presta a remontar el Danubio. Vlad no pudo sino oponer a 10 mil hombres y recurrir a tácticas como la guerrilla y la tierra quemada (primavera/verano de 1462). Tras sufrir muchas bajas y luego de declararse una epidemia de peste, habiendo fracasado además la flota turca en la conquista de la ciudadela de Kilia (al sur de Moldavia), el sultán ordenó la retirada de sus tropas. Una vez en Estambul, Vlad, valiéndose de su genio y astucia, se enfrentó a uno de sus hermanos, Randu el Hermoso, que se había pasado al bando otomano con algunos de los principales boyardos.

Finalmente, tras una serie de intrigas (falsificación de documentos incluida) muy de la época y del lugar, Muhammad logró que fuera arrestado y preso Drácula durante 12 años, primero en Visegrado (cerca de Sarajevo, a orillas del Drina) y posteriormente en las inmediaciones de Budapest, donde recibía un trato especial; es decir, era tratado con mayores consideraciones. Mientras tanto, entre 1462 y 1475, Randu, hombre débil y carente de personalidad, se sentó en el trono de Valaquia casi como un títere de los turcos.

Las circunstancias que permitieron a Drácula librarse de la prisión no son muy claras, pero es sabido que tomó parte en la batalla de Vaslui (en la región de Jashi, Moldavia) en enero de 1475, formando parte del contingente enviado contra los turcos por el rey de Hungría al príncipe transilvano Esteban Báthory. Lo curioso es que Drácula el inmortal volvió a ocupar su trono el 11 de noviembre de 1476. Semanas más tarde, los turcos lo sorprendieron desprevenido, con una escolta de sólo 200 hombres (de los cuales sobrevivieron 10 para contarlo) y le dieron muerte. La cabeza de Drácula fue enviada a Estambul y exhibida públicamente.

Ahora ya sabía yo quién era Drácula. Un hombre de crueldad despiadada, aterrador. Pero quedaban muchos huecos en la leyenda que todos conocemos. ¿Por qué se dice que bebía la sangre de sus víctimas? ¿Qué pasó con ese gran amor que había perdido y por el cual, en venganza, se convirtió en un hombre que viviría matando para saciar su sed? No parecía tener relación con Vlad Dracul y esto me tenía intrigado. ¿Por qué se le liga con el personaje? ¿Quieren ocultar algunas cosas o qué pasa? Necesitaba encontrar el hilo de la investigación y saber en qué momento se relaciona uno con otro. Mi deseo de conocer la verdad era impresionante y las horas me parecían eternas. En mi mente se agolpaban muchas preguntas que hasta ese momento no tenían respuesta.

El capitán informó que estábamos por aterrizar. En Hungría descendimos del avión, ansiosos de continuar el trayecto, mi esposa Yuss y yo, con Manuel, Yolanda y Lalo, parte del personal que conformaba mi equipo de investigación. En el aeropuerto, luego de recoger las maletas con el equipo técnico de investigación, me sentía temeroso de que revisaran mi equipaje, pues al ver antenas de campo electromagnético, brújulas, sensores de movimiento, aparatos de radiocomunicación y demás, podría tener problemas. Se trata de una zona geográfica cuyos habitantes están acostumbrados a guerras y dominaciones, por lo tanto son muy cuidadosos de todo y muy observadores. Lo primero que llamó mi atención fue el idioma. Parecía que todos estuvieran enojados, porque hablaban con mucha fuerza. Pero así es su forma de hablar. Salimos del aeropuerto y nos trasladamos a un hotel. Era necesario pasar allí una noche para descansar del viaje y tratar de ajustarnos al horario. Al siguiente día, muy temprano, abordaríamos el tren que nos llevaría al corazón de Transilvania. No dejaba de pensar cómo sería el lugar donde tenía cita con el hijo del demonio. Toda la noche fue lo mismo. No logré dormir por la emoción y el anhelo de estar ya en el lugar. Existía algo que no cuadraba en la historia del vampiro. En la información de Dracul no se hablaba de alguien que bebiera la sangre de sus víctimas. Su personalidad era sanguinaria, pero no bebía tal líquido.

Al día siguiente nos dirigimos a la estación del tren. Conforme nos acercábamos logré ver una construcción enorme, antigua y espectacular que parecía introducirnos a otra época, como si se hubiera detenido el tiempo. Era como estar en una película de terror. Las viejas vías y los muros estaban llenos de historias (qué cosas me podrían contar), bañadas por un tiempo que ya no pertenece a esta época. A mi alrededor había una densa niebla, todo era perfecto, sólo me faltaba la presencia de Drácula. Por dentro, la estación era inmensa, con techos muy altos. Un gran reloj marcaba la hora de nuestro destino. Había varios pasillos que llevaban a los diferentes andenes. Una voz anunciaba las distintas salidas. Llamábamos la atención de la gente, tal vez por el uniforme de cazafantasmas. A lo lejos se escuchó el ruido de un tren y una voz confirmó la llegada del que con ansia esperábamos. La locomotora me sorprendió: era igual de vieja, o más, que la estación del tren. Era oscura y parecía decirnos que nuestro destino, una fiel cita con Drácula, estaba próximo. Al subir al vagón fue increíble ver su estructura. Como muchas veces lo vi en películas de la primera guerra mundial, había un gran pasillo que conducía a diferentes cubículos o módulos, cada uno con puerta de cristal y en su interior seis asientos con vestidura roja. Arriba de los asientos había unas repisas para colocar el equipaje y una gran ventana nos permitía ver el paisaje. Nos acomodamos y esperamos el anuncio de partida. Cerramos la puerta de cristal del cubículo y veía yo cómo el resto de la gente se acomodaba. Era curioso escuchar el idioma, porque parecía que todos gritaban, pero no era así. Por un instante el ruido bajó. Una persona vestida a la usanza antigua abrió la puerta y nos pidió los boletos y nuestros documentos. Vestía de gris, con chaleco rojo, un sombrero curioso y cruzaba su pecho una mochila. Tenía un radio comunicador y parecía pertenecer a otra época. Después de verificar que todo estaba en orden, nos hizo unas cuantas preguntas y se retiró. Lo que me sorprendió fue su reacción al escuchar que éramos mexicanos. Le asombraba que viniéramos de tan lejos, era poco común ver gente de México. Durante las 15 largas horas que duró el trayecto, experimenté diferentes emociones. Conforme me adentraba a la zona del famoso vampiro, pude observar cómo la noche nos cubría extrañamente, pues allá las noches no son como ésas a las que estamos acostumbrados. Los paisajes son hermosos y muy distintos, enigmáticos, misteriosos. La noche es densa y densos son los bosques. Cada vez que se anunciaba el arribo a una población, me levantaba para ver la estación desde la ventana y de alguna forma ir analizando el estilo de vida de las personas. Era como retroceder en el tiempo. La vestimenta cambiaba, era conservadora y antigua. Los rostros, de personas blancas con ojos azules, verdes o cafés, se veían distintos. Avanzábamos y cada vez se veían menos construcciones, más paisajes, casas muy pequeñas y antiguas. Llegábamos a estaciones que parecían fantasmas, pero de alguna forma salía gente que abordaba el tren. Había pasado mucho tiempo y teníamos hambre y sed. No bajamos en ninguna estación porque parecía que no había nada. Al fin un hombre subió al tren con muchas cajas, abrió el cubículo donde nos hallábamos y nos regaló chocolates. Se veía muy alegre y su aliento lo decía todo.

Cada segundo parecía eterno y hubo un instante en que pareció que el tiempo se detenía. Cansados, definíamos nuestro horario para dormir; tenía que haber alguien siempre despierto para evitar sorpresas. Llegó el momento en que no sabíamos si levantarnos y caminar o permanecer sentados como lo habíamos hecho largas horas. Yuss grababa con la cámara cuanto veía. Manuel y Lalo contemplaban el paisaje desde la ventana del pasillo, y Yolanda, como siempre, dormía. Hubo un momento en que Yuss se sentó y en segundos se quedó dormida, con la cámara en las manos. Estaba agotada y a pesar de que dormía nunca soltó la cámara. Yo no dejaba de pensar en el destino final, en cómo realizar la investigación, de dónde partir. De repente observé en el campo una cruz enorme y después otra de menor tamaño, y otra más en la fachada de una casa. Por un momento pensé que estábamos por llegar, debía existir algún tipo de relación entre las cruces y Drácula. En cada una de las casas que veía se hallaba una cruz al pie de la puerta, un símbolo de protección. ¿De qué o por qué? Eso tendría que averiguarlo. Las horas pasaban y el sueño me venció de repente. Escuché el silbido del viejo tren al llegar al corazón de Transilvania y el tren se detuvo unos segundos para que bajáramos el equipaje. Después, sin perder tiempo, continuó su marcha. Los pasajeros que quedaron a bordo se me quedaban viendo con extrañeza y una pequeña me mandó una bendición, como si quisiera protegerme. ¿De qué? No lo sabía. Al bajar observé una densa neblina y escuché un ruido como de pájaros. Dirigí mi mirada al cielo, en especial a la luna esplendorosa, y en lo alto de una colina pude ver el castillo del conde Drácula, muy a lo lejos. No sería fácil llegar a él. La sensación fue muy extraña. En ese momento en mi mente estaba un reto: conocer la verdad de los hechos. Era claro que estaba a niveles mundiales en la investigación.

La luna iluminaba el viejo castillo y noté que los presuntos pájaros que escuchaban eran murciélagos que revoloteaban alrededor de la torre más alta. Al parecer la leyenda estaba viva. No quise esperar más, como es mi costumbre, y decidí adentrarme en la colina para llegar al pueblo donde me esperaba Aurelio, uno de mis investigadores en Rumania. La cita era en un viejo restaurante.

Salimos de la estación y de repente nos rodearon unos niños que pedían limosna. Su aspecto era muy distinto de lo que vemos en México. Vestían pequeños trajes, en su mayoría de colores oscuros. Sus caritas estaban sucias, tenían ojos verdes o cafés y los cabellos muy cortos. Se acercaban y nos pedían dinero (su aspecto era como el de los niños que hemos visto en los documentales de la segunda guerra mundial, que a pesar de ser menores se visten como adultos con pequeños trajes). Uno de ellos seguía a Yuss, que había comprado en Hungría una hermosa muñeca de porcelana que llevaba en las manos. El niño, con carita de tristeza, se la pedía para su hermanita. El pueblo era pequeño, las calles estaban desoladas y la noche era densa. Los niños quedaron atrás. Después de un rato nos encontramos ante el restaurante de la cita, en una calle empedrada. La fachada era la de una casa-castillo muy antigua. Al entrar, Aurelio me recibió muy entusiasmado, diciéndome que todo estaba listo para que me pudiera instalar en el castillo de Drácula. No se trataba del que había visto al llegar, nosotros iríamos al castillo donde gobernó, el que utilizó como fortaleza. Estaríamos en el principal, donde se guardaban todos sus secretos, y se hallaba a cinco horas de camino. Esto nos entusiasmó, porque todos ansiábamos comenzar a trabajar. El lugar de la cita me llamó mucho la atención; era un lugar a media luz con murales en las paredes y pequeñas mesas de madera; no parecía un restaurante. También había cruces pintadas en las paredes y la poca gente que estaba allí aparentaba haberse detenido en el tiempo. Su vestimenta, peinado y aspecto físico parecían evocar una época distinta. Llamó mi atención un mural que estaba justo detrás de la barra; también había grandes frascos de cristal. Decidimos subir al primer piso y nos instalamos en una mesa cerca de un mapamundi pegado a la pared (extraño adorno). Ordenamos café y comenzó el reporte de la información preparada por Aurelio. Me había llevado varios documentos que localizó en los archivos del pueblo y, haciendo pausas mientras los examinaba, echaba yo vistazos al restaurante. Insisto, era muy extraño; sus paredes, su decoración, todo. Me costaba trabajo concentrarme en lo que Aurelio me decía. Se dio cuenta y me preguntó si me gustaba el lugar. Le contesté que sí, no habría podido elegir mejor lugar. Sonrió y dijo que no había mejor sitio para comenzar que el lugar en que había nacido Drácula.

Mi sorpresa fue enorme. ¡Guau, qué interesante! Estaba en la mismísima casa de Drácula. Al saberlo puse atención a las pinturas y pregunté por ellas. Los meseros dijeron que eran pinturas originales y que en el sótano existía una más impactante. Quise bajar a verla y tras recorrer un pasillo frío y sumamente oscuro bajamos unas estrechas escaleras. El misterio nos envolvió a todos. Fue necesario iluminar con unas velas, pues en esa parte de la casa no había alumbrado eléctrico. Imaginé que bajaríamos al sótano, pero no fue así. La pintura se hallaba detrás de una pared que conducía a una caverna, cuya entrada permanecía oculta por un mueble. Al quitarlo ingresamos a lo que aparentaba ser una cueva no muy profunda, por mucho, de unos 50 metros de largo. Al fondo pude ver un mural en el que resaltaba una mano con diferentes símbolos en cada uno de los dedos y uno más en la palma. Una revelación interesante. ¿Pero qué significaba, por qué estaba ahí, con qué objetivo? Mientras la observaba sonó el teléfono. Era Aurelio, para informarnos que ya tenía los permisos autorizados, no sólo para entrar al castillo donde Vlad Tepes había reinado, sino para habitar ese lugar tres noches y sacar toda la información que pudiera encontrarse. Esa noche decidimos hospedarnos en una pequeña casa de Shingisoara.

Al día siguiente, con el equipo de trabajo listo, aguardamos por una persona de nombre Bebe, quien nos llevaría en su carro. Subimos el equipo e iniciamos el viaje. Los paisajes eran hermosos y transcurrieron algunas horas hasta que a lo lejos se pudo ver la torre de un viejo castillo. Al fin bajamos del auto y entramos al castillo. Esta edificación no me dijo nada. Entré en la primera torre, que estaba totalmente vacía y descuidada. Al ver que no ofrecía mayor información, decidí salir al siguiente castillo, ubicado a varias horas de camino. Es importante mencionar que Drácula vivió en varios castillos y no daba a todos el mismo uso. Algunos sólo los habitaba en tiempos de guerra, pues estaban estratégicamente situados y desde ellos podía enfrentar a sus enemigos. Debo recordarles que vivió en época de guerras, traición y deseo de poder.

Mientras llegábamos al siguiente destino continué revisando los documentos que Aurelio había encontrado. La información sobre Drácula era confusa y, lejos de consolidar la verdad sobre el vampiro, la alejaba.

El camino acabó. Frente a nosotros había mucho pasto y grandes piedras. Habíamos llegado al segundo castillo luego de cinco horas de camino. Fui recibido por un velador del gobierno de Rumania que custodiaba el lugar, en la punta de una montaña. Allí se elevaba majestuoso el sitio más temido por los pobladores. Era increíble, un sueño hecho realidad. Se hallaba el castillo en una zona despoblada. Justo donde terminaba el camino y donde habíamos dejado el carro, había un cementerio cerrado, con pequeñas puertas de alambre. Esto no me llamó mucho la atención, pues estaba ansioso de llegar al castillo. Durante dos horas caminamos por la maleza, en un viejo sendero ascendente. Teníamos que subir sin más ayuda que la de nuestros pies. La hierba estaba húmeda y hacía mucho frío. Yuss se había resfriado y para ella fue todavía más difícil porque no dejaba de estornudar y al mismo tiempo grababa con la cámara de video todo cuanto acontecía. Era difícil, ya que el pasto y la tierra lodosa provocaban que resbaláramos. En algún momento patiné y vi otro cementerio. ¿Por qué, a qué se debía? No quise detenerme a analizar el hecho y continué caminando para arribar a las puertas del castillo. Eran de madera apolillada, muy grandes y pesadas. Quitaron el cerrojo y entramos. En el interior había jardines descuidados, cosa del gobierno, que se encargaba de la limpieza. Pedí a mi equipo que dejara las maletas en la sala y camináramos por el imponente lugar para familiarizarnos, ya que viviríamos allí durante tres días con intención de hallar actividad paranormal.

Ese primer día recorrí cada centímetro. Era como estar en el pasado, cada cuarto remontaba a tiempos de guerra y terror. Es increíble encontrar todavía muebles que habían pertenecido a Drácula. Llegada la noche, estábamos listos para cualquier acontecimiento que se presentara, y alrededor de la una de la mañana se escuchó un grito que sacudió el lugar. Mis investigadores reportaron que había salido del bosque e inmediatamente me asomé por una de las ventanas de la sala principal (esta tenía una pequeña puerta de madera que había que empujar con fuerza). Miré el bosque y todo parecía en calma. En ese momento avisó mi equipo de investigación que una sombra, aparentemente de mujer, bajaba por una de las escaleras y al fin se perdió en una pared. Me trasladé a ese sitio para revisar el video y vi grabada la sombra de la mujer. Brincamos de gusto, habíamos captado algo. Una de las cosas que nos preocupaba era saber que únicamente contábamos con tres noches en el castillo, y afortunadamente la primera noche ya teníamos material de investigación. La imagen que se ve en el video es de una señora. ¿Por qué una mujer y no Vlad? No lo entendía y cada vez me envolvía en más y más preguntas, hasta ese momento sin respuesta. La noche cayó y dividí a la gente para que descansaran y todos lográramos estar al cien por ciento en la investigación. Finalmente amaneció y no obtuvimos más manifestaciones. Muy temprano y más despiertos, volvimos a ver el material y no encontramos nada más que aquella mujer. ¿Quién era? ¿Por qué estaba en el lugar? Decidimos desayunar un poco de pan y café, no había mucho de dónde escoger. Estábamos lejos de la civilización, o mejor decir, del poblado (la gente y el pueblo parecían haberse quedado en el pasado, en otra época). El segundo día transcurrió en calma. Todo ese tiempo lo pasé revisando la pared donde se había manifestado la sombra. ¿Por qué ahí? ¿Acaso la pared escondía algo? Al llegar la noche no deseaba sorpresas, así que hice colocar en un mejor sitio las cámaras de circuito cerrado y los aparatos de investigación (antenas de campo electromagnético, sensores de movimiento, brújulas, termómetros) y preparé todo para analizar lo que pudiera presentarse. El castillo era enorme, con una gran cantidad de habitaciones, torres, escaleras y sótanos en los cuales se percibía un aire extraño y frío. Muchos de mis investigadores mencionaban que sentían como si alguien los estuviera observando. Muy entrada la noche y estando cada quien en el lugar señalado, se repitieron los fenómenos en tiempo y hora. El mismo grito surgió del bosque, la misma sombra se aproximó a uno de los muros. En esta ocasión logramos grabar a la mujer cuando se detuvo frente a un espejo y se volvió a verme, como si pudiera percibirme, y segundos después se difuminó frente a la pared. ¿Qué pasaba? Era la primera vez que un fenómeno se me presentaba de igual manera, forma y tiempo que en un día anterior. ¿Por qué? Parecía que los días no transcurrían. ¿Por qué? Muchas preguntas más golpeaban mi mente. ¿Por qué una mujer y no un hombre? Al amanecer revisé la pared donde el espectro desaparecía y era normal, pero mi instinto de investigador me decía que había algo más en ese lugar. Saqué una moneda para golpear el muro y averiguar si era totalmente sólido y la moneda cayó de mis manos. Me incliné a levantarla y sentí una pequeña corriente de aire que salía de enfrente. Entendí que esa pared era un muro falso y pedí a mi personal que fueran al pueblo por el vigilante, para que me dijera cómo se abría. Al cabo regresaron los muchachos con la asombrosa respuesta de que el celador no tenía conocimiento de que esa pared se pudiera mover. Se había comunicado con sus superiores, los encargados del castillo, y ellos dijeron lo mismo: los planos no daban información de que se pudiera quitar ese muro. Para mí eso fue muy frustrante, ya que no podía hacer nada. Decidí guardar el equipo y esperar el día siguiente para marcharnos, no sin pasar una última noche en la habitación donde la extraña presencia se esfumaba.

Increíblemente, el fenómeno se repitió en tiempo y forma. Nuevamente vimos cómo la sombra se perdía en la pared. Me coloqué lo más cerca de ella que pude y en el momento en que penetraba en el muro noté claramente cómo recargaba una de sus manos en cierto punto de la pared. Mi instinto me dijo que esa era la clave para abrirla, así que apoyé una mano en el sitio exacto y para nuestra sorpresa el muro se abrió y dejó al descubierto un túnel estrecho en el que se divisaban unas escaleras que subían a lo que parecía ser una torre. Después de conectar la luz (parte del equipo que llevé fue una pequeña planta de fuerza eléctrica) para iluminar el sitio, empecé a subir los escalones. En la parte superior encontré un cuarto abandonado y vacío. Lo único que había era una pintura plasmada en la pared. Se trataba de una mano idéntica a la pintada en la casa donde nació Vlad; tenía los mismos signos en cada uno de los dedos y en la palma, y la diferencia consistía en que se veía también el rostro de una joven. Al acercarme quedé impresionado por su increíble belleza. Al pie de la pintura se leía "Báthory". ¿Quién era esa mujer? ¿Por qué se hallaba en ese lugar? Debajo de la pintura había un polvoriento libro casi destruido. Lo levanté y con ayuda de Aurelio, que traducía, comencé a estudiarlo. Conforme leía, mis preguntas eran respondidas.

Así descubrí la otra personalidad de Drácula, la que lo complementaba. La mujer del cuadro era Erzebeth Báthory, nacida en 1560 en el seno de una riquísima familia húngara. Pertenecía a la más rancia aristocracia y su tío fue rey de Polonia; en sus raíces había familiares esotéricos. Uno de sus tíos adoraba a Satanás y otros parientes eran afectos a la magia negra.

Erzebeth o Elizabeth, de mano de su nodriza, se inició en la infancia en las artes de la brujería y creció con una especial atracción hacia la sangre. A los once años se comprometió con el conde Ferenz Nadasby y a los quince se casó con él. El conde era un guerrero conocido como el Héroe Negro. Se fueron a vivir a Csejthe, el castillo familiar de los Nadasby, situado en la cima de una colina en los Cárpatos. Cuando el conde tuvo que marcharse a luchar, Erzebeth, harta de verse aislada y de aburrirse, se hizo amante de un tipo al que por su raro aspecto llamaban el Vampiro. Cuando su marido volvió, ella dejó al amante y se implicó en relaciones lésbicas con dos de sus doncellas. De nuevo el marido se marchó a la lucha y ella se interesó intensamente en el esoterismo. A partir de entonces comenzó a rodearse de gente dedicada a la brujería y hechicería. Con el paso del tiempo comenzó su mayor preocupación: envejecer. Asustada, pidió consejo a su nodriza, quien le dijo que para ser siempre joven necesitaba sacrificar a sus doncellas y bañarse en su sangre.

Se cuenta que ella inició a su marido en las artes de la tortura. Un medio para imponer la disciplina consistía en introducir agujas bajo las uñas de las doncellas. A la muerte de su marido Erzebeth cobró su primera víctima, una joven sirvienta que la peinaba. La joven dio un tirón a su cabello y Erzebeth la abofeteó, con tal ímpetu que la hizo sangrar. Su mano quedó manchada y en la imaginación creyó ver que la piel manchada de sangre rejuvenecía y ofrecía mejor aspecto que el resto de su cuerpo. En el enfado, y con el irremediable deseo de llevar a cabo su plan, Erzebeth ordenó que cortaran las venas a la sirvienta y llenaran la bañera con su sangre. Tras este primer asesinato surgió su obsesión y terminó viajando por los Cárpatos en busca de niñas de las que se pudiera servir. Iba acompañada de sus doncellas y cuando daban con la víctima perfecta, le prometían trabajo y la pobre joven terminaba secuestrada en el castillo tras ser azotada o drogada. En los sótanos, las encadenaban y acuchillaban para extraerles la sangre. De este desangramiento se ocupaba un sirviente que servía de verdugo o la propia Erzebeth. Cuando la víctima era muy sana, la mantenían con vida en el sótano durante años, convertida en fuente continúa de sangre.

Después de bañarse en sangre, Erzebeth ordenaba a sus sirvientas que le lamiesen la piel. Si las chicas no hacían ascos las recompensaba, pero si mostraban alguna mueca de repugnancia, las torturaba hasta matarlas. Los cuerpos de algunas víctimas comenzaron a enterrarse cerca del castillo y los restos de ciertas chicas los aprovechaban los hechiceros para sus rituales. Cuando se hartaron de entierros y hechizos terminaron por arrojar los cuerpos al campo para que las alimañas los devoraran. Pronto, los habitantes del pueblo se percataron de que no se volvía a saber de las jovencitas que iban a trabajar al castillo. Cuando los campesinos veían el carruaje de la condesa, sabían que Erzebeth buscaba una nueva sirvienta que desaparecería como las demás. Tras once años viendo desaparecer a cientos de jóvenes y escuchando los gritos de terror que venían del castillo, los campesinos comenzaron a investigar y encontraron varios cadáveres en las inmediaciones del castillo. Comenzaron a decir que el castillo estaba maldito y en él habitaban vampiros. Sus sospechas llegaron al soberano, pero Mathias II no hizo caso sino hasta 1610, en que envió soldados bajo las órdenes del primo de Erzebeth, Gyorgy Thruso. Los soldados entraron al castillo por la fuerza y en el piso del salón principal hallaron a una bella joven, muy pálida, que se desangraba y presentaba huellas de tortura. Llegaron a descubrir más de cincuenta cadáveres sepultos en las inmediaciones del castillo. En el sótano encontraron muchas víctimas más con vida, pero terriblemente torturadas y con suficientes cortes como para atestiguar con su propio cuerpo que habían servido de fuente de bebidas a la condesa.

También se encontró un artefacto de hierro en forma de mano humana, llena de pinchos. Allí metían a las chicas, los pinchos atravesaban sus cuerpos y entonces alzaban la plataforma y la condesa se ponía debajo para ducharse con la sangre de las mujeres. También, dentro del castillo, se descubrió un sistema de canales para que la sangre de otras víctimas viajara por los conductos y llenara la bañera de Erzebeth Báthory.

Después de liberar a las mujeres vivas, buscaron a Erzebeth y la hallaron en una habitación, rodeada de hechiceros y dedicados todos a un ritual muy extraño. Erzebeth, sentada en flor de loto y con los ojos en blanco, aparentemente hablaba con Dracul, el hijo del diablo. Lo más extraño del ritual era la mano pintada, que dejaba ver los signos que utilizaba Drácula casi cien años antes. Cuando detuvieron a Erzebeth y a sus ayudantes vampiros, ella salió del trance y gritaba: "Drácula, ayúdame. Amado mío, ayúdame".

A los compinches se les decapitó y se les quemó en la hoguera. A Erzebeth, sin necesidad de más pruebas que las encontradas, se le condenó por haber asesinado a más de 650 jovencitas para obtener su sangre, según ella para conservar su belleza y juventud. Fue emparedada; es decir, la colocaron en una habitación y tapiaron la entrada y las ventanas dejando un solo hueco en el techo. Esperaron a que fraguaran los muros y colocaron una reja a través de la cual se le podía ver desde arriba. La dejaron morir poco a poco. No podía salir y no tenía aliados; nadie la quería, ni sus propios hijos; todos deseaban verla sufrir, pues de alguna forma debía pagar el gran daño que había hecho. Durante cuatro años le dieron desperdicios de comida y algo de agua. Falleció sin haber pronunciado durante ese tiempo una sola palabra. Murió en 1614. La tumba de Erzebeth quedó oculta; según el libro, custodiada por un Cristo.

No logré saber cómo llego ahí el libro que encontré, ni quién lo puso. Lo que sí es un hecho, es que Drácula no era hombre sino mujer, aunque parezca increíble. Bram Stoker, el autor de la famosa novela *Drácula,* fusionó la personalidad de Drácula con la de Erzebeth. De Vlad tomó, además de la personalidad, el nombre o apellido que hoy todos conocemos. Lo que no me quedaba claro es cómo tenían contacto aquellos dos, cada uno en su época. Y como no es cosa nada más de decirlo, tenía que probarlo. Si esta historia era real, había que encontrar las dos tumbas, tarea que comencé de inmediato. Empecé por buscar todos los planos de Transilvania, así como los archivos ocultos y secretos del lugar, por lo que el siguiente día me trasladé a Budapest. Cuando tuve en mis manos los planos, no me fue difícil localizar la tumba de Drácula. Sabía que debía hallarse en un lugar inaccesible y encontré en los registros un castillo que tenía una puerta de entrada y una torre sin entradas ni salidas colocada al borde de un barranco. Cuando leí esto a mis compañeros, algo observaron en mi actitud y me preguntaron qué pasaba. Los miré y les dije: "ya sé dónde está Drácula". "¿Y Erzebeth?", preguntaron. "A ella es más fácil localizarla". "¿Cómo?" Les pedí que buscaran en los planos antiguos los cementerios de la época de Erzebeth, y donde encontraran un cementerio con el mayor registro de mujeres muertas, por lógica ahí cerca estaría Erzebeth. Esa misma tarde salí con todo un campamento al lugar donde descansaba Drácula. Tuvimos que trasladarnos en un tren antiguo y al llegar a cierto pueblo de Rumania, mi gente me preguntó: "¿hacia dónde?" La respuesta fue inmediata: "cuando vea una montaña, no la más alta pero si la menos accesible, sabré por mi instinto de investigador que ese es el lugar". Alquilamos caballos durante dos días y dos noches. La única misión era llegar a la cima de esa montaña. El guía que nos llevaba repetía constantemente "ahí no hay nada". Sin embargo, una de mis cualidades o defectos es ser muy aferrado a mis ideas y no pensaba retirarme hasta comprobar mi teoría.

Esa noche decidí acampar para descansar. Encendí una fogata para darnos más calor y evitar que los animales de la montaña se acercaran al campamento. Cerca de las dos de la mañana gran cantidad de murciélagos empezaron a escucharse cerca, mientras un aire muy fuerte soplaba en la zona. Todos se pusieron nerviosos, pero yo sabía que la cosa estaba a punto de finalizar. A la mañana siguiente continuamos nuestro camino. Varias horas pasaron, avanzábamos entre árboles y hierba. Luego de medio día, frente a mí se dibujó una puerta enorme: la entrada del castillo donde yacía Drácula. No me costó trabajo abrir las puertas, de hecho, casi se caían de viejas. Al entrar se sentía frío y una sensación que no podría explicar; no de tristeza sino de vacío y dolor. Inmediatamente empezamos a buscar la famosa torre del sepulcro y me pareció ver una que podría ser la que buscábamos. Tuve que subir a la punta de la estructura en ruinas que estaba junto a mí. Era muy alta y me permitiría ver mejor la distribución del castillo. Pasaron dos horas para que pudiera llegar a la parte más alta y al asomarme encontré frente a mí la torre sin puertas ni ventanas, custodiada por un acantilado. Esto no iba a detenerme. Sacamos cuerdas para escalarla como fuera. El acantilado era enorme, pero no mayor que mi decisión de vencerlo. Empezamos a escalar los muros y logramos llegar a la parte más alta. De allí tiramos cuerdas para bajar y penetrar al lugar. Estábamos llegando al final de la investigación. Yuss grabó todo y escaló con los demás. Debíamos llevar un testigo fiel de lo que estábamos viviendo, y qué mejor que las imágenes captadas por la cámara, que además nos permitirían ver lo que en ese momento no percibíamos. Descendí a lo más profundo y era imposible caminar entre tanta hierba, pero a un costado pude ver una pequeña cueva. Al entrar a la parte más profunda de la caverna, vi un busto en piedra que decía "Dracul descansa aquí". La emoción era enorme y mi interés mucho más. Mientras los demás miraban el sepulcro, yo estaba viendo una mano pintada en la cueva, igual a la que se encontraba en los castillos de Drácula, pero aquí había un elemento agregado, una leyenda que decía: "Te amaré por siempre, Erzebeth, mi amada esposa".

Todo parecía confuso y la única forma de atar cabos era encontrar la tumba de esa mujer. Al salir de la torre donde yacían los restos de Dracul recibí la llamada de uno de mis investigadores, quien me dijo que donde se habían registrado más muertes de mujeres era en el perímetro donde me encontraba. ¿Dónde se hallaba el otro castillo? No lo encontraba y allí estaría la sepultura de Erzebeth. La investigación parecía no tener fin, los cabos estaban casi atados y todo apuntaba al personaje de Erzebeth. Pero ¿cómo localizarla? Muchos siglos habían pasado. De regreso tuvimos que acampar para el descenso. Esa noche aproveché para revisar el material y me percaté de que la mano pintada era diferente de las otras, pues en una de las pinturas de la mano aparecían unas montañas. Esto me intrigó. Al día siguiente, durante el descenso tuvimos el problema de un río muy crecido que nos impedía pasar y nos vimos obligados a hacer un rodeo. El paisaje montañoso era increíble. En ese momento reflexioné y pedí el video de la mano. Al revisarlo grité de emoción: se trataba de las montañas que estaba viendo. Comenzamos a subir de nuevo sabiendo que tardaríamos dos días en llegar, cosa que no me importó. Las noches fueron acompañadas de diferentes sensaciones. Vimos muchos tipos de animales, pero los aullidos de los lobos fueron lo más increíble, con la silueta de las bestias dibujadas en lo alto de las montañas. En algún momento la niebla era muy espesa y no podíamos avanzar, por lo que decidí descansar. Luego, el primer rayo de sol me despertó y vi una pared de piedra a unos cien metros. Inmediatamente me levanté y descubrí un majestuoso castillo, quizás el que buscaba en ese momento. No sabía si era el verdadero o no, pero el espectáculo era increíble.

Entramos. Todo estaba destruido y no había señales alentadoras, cosa que me desmotivó mucho. La investigación de Drácula y las evidencias estaban incompletas. Cerca del atardecer decidimos bajar para tomar el avión a Inglaterra. Al recoger las cosas del campamento vi un atardecer maravilloso y decidí disfrutarlo subiendo a un pequeño montículo. El atardecer era indescriptible, y al darme vuelta para bajar, me sorprendió ver mi sombra con las manos en cruz. Me dije: ¿qué está pasando? Reaccioné, me di vuelta y quedé sorprendido al ver un Cristo frente a mis ojos, asomando por el hueco de una ventana. Mirando el Cristo y, sabiendo lo que significaba, comencé a golpear el suelo con un pie. Al dar el primer golpe escuché hueco. Todos me preguntaron qué pasaba y mi respuesta fue: "la encontré". Tomamos picos y palas para excavar y luego de varios minutos asomó un techo de madera y piedra. Tras romperlo, hallamos una habitación a la cual bajé con ayuda de mis compañeros. En el interior el olor a humedad era muy fuerte, insoportable, y la luz apenas iluminaba el lugar. Tropecé con lo que supuse era una piedra y al alumbrar me di cuenta de que no era una piedra sino una viejísima reja en el piso. Me incliné y quedé impactado. Frente a mí estaba el esqueleto de Erzebeth Báthory. Y pintado en la pared el rostro de Drácula, con la leyenda "Siempre juntos".

No hay duda, Drácula era mujer.

Carlos planea el viaje a Transilvania.

Esta es la locomotora que llevó al equipo a Transilvania. El tiempo
parece detenido en esa región del mundo.

Descendiendo del tren en Transilvania.

Los pobladores conservan las estacas para empalar gente
y las reemplazan cuando se pudren.

La vegetación que rodea al castillo de Drácula es espesa.

Panorámica del interior del castillo.

En la entrada de la tumba de Drácula.

En busca de actividad paranormal en el castillo de Drácula.

En la habitación de Drácula.

El fantasma se manifiesta en la habitación de Drácula.

Siguiendo el rastro del fantasma.

Vista panorámica del castillo.

Carlos inicia la búsqueda de Erzebeth.

Cruz que señala la tumba de Erzebeth.

La cruz que protege la tumba de Erzebeth.

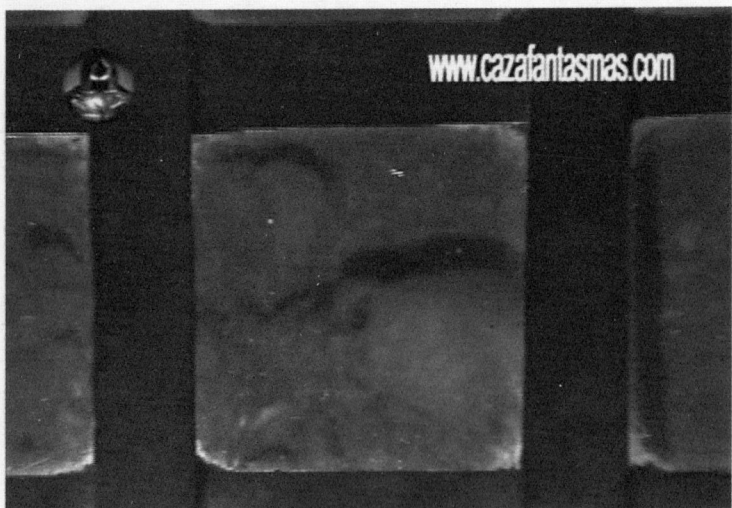
Los restos de Erzebeth "la Condesa Sangrienta".

Los equipos registran la presencia de un fantasma a la derecha
de Carlos... posiblemente el del conde Drácula.

Posesión y exorcismos

La ciencia niega que dos cuerpos puedan ocupar el mismo espacio, pero en este caso no estamos hablando de cuerpos sino de energía. La materia no se destruye, se transforma, pero siempre poseerá energía; todo, absolutamente todo, la tiene. Hay personas que dicen retratar el aura; sencillamente, lo que están retratando es el campo energético. Seguramente te preguntarás cómo es que cambia de color; la respuesta es muy sencilla: cambia de color cuando nos sentimos enfermos, molestos o tenemos algún tipo de cambio emocional. En ese momento nuestra energía es diferente y su color varía; sin embargo, mucha gente paga para ver su supuesta aura y hay quienes lucran con esto. Hagamos un pequeño ejercicio para que puedas sentir la energía que emana de tu cuerpo. Coloquemos las palmas de nuestras manos una frente a otra, lo más cerca posible, sin que se toquen; puedes sentir tu energía, y si no es así, sin que se junten haz un movimiento circular y la sentirás. También puedes acercarlas, sin que se toquen, y alejarlas un poco; de esta forma podrás sentir la energía. Esto no es nada raro, pues todos estamos conformados por energía.

La iglesia católica se había mantenido al margen del tema de los exorcismos, que entre los sacerdotes era tabú. Escasas personas solicitaban exorcismos y, de ser así, sobre el asunto se mantenía total hermetismo. Los tiempos cambian y ahora la iglesia está más abierta a dar ese tipo de información. Pero es importante no confundir las cosas. Por una parte existen dobles personalidades; por la otra, cuando hay inflamación cerebral se obtienen reacciones muy parecidas a las de una posesión. Por eso es necesario que las personas que se crean poseídas acudan a un médico especialista que les realice estudios; si no hay diagnóstico negativo, quiere decir que posiblemente estemos ante un caso de posesión.

¿Por qué se dan las posesiones? Todas las religiones reconocen la lucha entre el mal y el bien, sin embargo, no creo en un demonio que esté pensando día y noche cómo hacer daño. Creo, más bien, que existe gente buena y gente mala, y la gente mala, cuando fallece, sigue siendo detestable, quiere lastimar, ya como ente, y no necesariamente a alguien conocido. Hay entes buenos que al parecer no saben que fallecieron y podemos verlos, los llegamos a escuchar y a sentir, y quizás ellos en su tiempo y espacio nos vean como fantasmas. Mientras más miedo les demuestres, más se acercarán; aunque resulte difícil, es preciso mantener la calma para que se alejen. Pero podemos topar con uno que desee lastimarnos; porque pueden lastimarnos, sí, tocarnos, agredirnos e incluso dejarnos marcas en el cuerpo. He realizado muchas investigaciones y he podido comprobarlo. Las personas débiles que abrigan gran temor, aunque sean de apariencia ruda, pueden ser poseídas por una o más entidades, que llegan a provocar irreversible daño físico, emocional, familiar y social. En muchos casos jugar con la ouija provoca la posesión, pero no es una ley. No es recomendable jugar con la ouija, pues no siempre se logra la comunicación con algún ser fallecido; para conseguirlo se necesita estar en el lugar y el momento indicados y con la temperatura adecuada para atraer algo y obtener comunicación. La curiosidad sobre el más allá, expresada a través de este juego, puede en casos extremos (ya que es muy difícil lograrlo) provocar un caso de posesión. Muchas personas se introducen en el mundo del satanismo como juego y después ya no pueden salir. Esto también puede ser una causa, pero no es una ley. Lo que sí, puede haber muchas causas por las que una persona caiga en posesión.

La iglesia católica mantiene los exorcismos como un ritual muy especial, practicado únicamente por personas autorizadas. En México existen actualmente ocho sacerdotes que poseen la preparación necesaria para enfrentarse al demonio. Antes de realizar el ritual, rezan y se fortalecen para soportar el exorcismo que van a practicar. Es importante mencionar que no cualquier sacerdote puede exorcizar. En muchos casos, seglares y sacerdotes han quemado, lastimado y abusado sexualmente de supuestos posesos. Por esta razón se debe tener mucho cuidado y llevar a los poseídos con las personas indicadas, para evitar caer en manos de un charlatán. También hay personas que se ocultan en una supuesta posesión para no trabajar o para hacer de las suyas. Un poseso siempre cambia el tono de su voz y si lo escuchamos detenidamente podremos notar más de una voz. La fuerza que adquieren es impresionante y son capaces de doblegar a más de cinco personas. Durante el trance se les inflama la garganta y pueden cambiar el color de sus ojos. Es común que baje la temperatura y los campos electromagnéticos aumenten. Lo sé porque llevo equipo especial que ofrece resultados ciertos. Desde luego, es necesario investigar varios casos de posesión para sacar conclusiones y hallar respuestas. Y en muchas ocasiones utilizo distintos puntos de fe para ver qué resulta. Esto lo aclararé más adelante.

Una de las personas con quienes tuve mucho contacto fue el padre Ruiz Velarde, quien practicó un exorcismo a una niña en sus oficinas de la colonia Del Valle. La mamá acudió con el padre desesperada. Su hija tenía los ojos azules, con el pequeño detalle de que antes eran color café oscuro. Este caso me llegó por una persona que llamó a mis oficinas pidiendo auxilio, suplicándome que tomara la investigación. Decía que ella estaba poseída por el demonio y al escuchar la voz desesperada corrí al hospital donde se hallaba. Hablé con los doctores y verifiqué que no tenía un problema siquiátrico. Los médicos estaban sorprendidos por lo que les había tocado presenciar. Practicaron a la niña encefalogramas y tomografías, entre otros estudios, que no arrojaron nada extraño; no sabían qué pasaba. Desde que la pequeña estaba ahí, la calma se había acabado. Cuando alguien se acercaba a la habitación donde estaba la niña, sentía frío, aun en el pasillo, y escalofrío; por las noches se escuchaban gruñidos y ruidos extraños. Las enfermeras se negaban a atenderla y muchas portaban rosarios o Cristos para sentirse seguras; aun así, les daba miedo verla, y más entrar al lugar donde estaba, y no querían quedarse de guardia en ese piso. Era increíble, todos tenían miedo y deseaban que dieran de alta a la paciente lo más pronto posible. Decidí entrar a la habitación a verificar la autenticidad del caso. Para acceder al cuarto debía caminar por un pasillo largo y solitario y al acercarme sentí mucho frío; raro, porque al principio del corredor se sentía calor. De repente el ambiente cambió y sentí una gran pesadez; abrí la puerta y parecía que hubiera neblina. Me aproximé a la cama y vi a la niña, sus ojos eran de un azul intenso y de mirada penetrante. Al verme gritó: "voy a matarte". Intentó levantarse, pero la aprisionaba una camisa de fuerza y estaba atada a la cama, escena que por obvias razones me recordó el filme *El exorcista*. Le pregunté si sabía quién era yo y respondió que no. Me presenté diciéndole que era Carlos Trejo, la persona que le daría muchos y muy fuertes dolores de cabeza. Preguntó por qué y le respondí que ya tenía un problema conmigo.

Al salir de la habitación dijo a gritos una serie de palabras que no parecían de nuestro idioma. En el pasillo su padre me preguntó si iba a ayudarla y me pidió que no los dejara solos porque en el hospital ya no querían tenerla, pues clínicamente estaba sana. Le dije que me encargaría del caso y formulé una serie de preguntas. Me informaron que era una niña tranquila e iba a la escuela; no era una excelente alumna, pero le gustaba todo lo oculto, leía libros que a sus padres no les parecían adecuados pues hablaban de brujería y contactos con muertos. Sin embargo todo iba bien hasta que un día se volvió agresiva, su voz cambió y se convirtió en lo que vi. Sus padres estaban angustiados y suplicaban ayuda, no sabían qué hacer. Les dije que debía actuar rápido, antes de que la niña no soportara más, pues una vez que saliera del estado en que se encontraba, aunque aparentemente no sintiera dolor, el asunto ocasionaría problemas físicos y era posible que corazón no resistiera más y muriera. Me dijo su padre que ella tenía unos amigos que practicaban magia negra y que al parecer había estado en algunas sesiones. Dibujaban una estrella en el piso y la acostaban dentro. A los padres les disgustaba su amistad con esos chicos y estaban seguros de que fue la causa de que cambiara, pues se volvió violenta e iba empeorando día a día. Pregunté sobre el color de los ojos de su hija y el papá me dijo que eran cafés oscuros y me mostró una fotografía que guardaba en la cartera. La pequeña de la foto no se parecía a la chica que vi en el cuarto, y esto me sirvió para comprobar que un poseso puede llegar a cambiar incluso el color de sus ojos. Me levanté y salí del hospital, no sin decir al papá que regresaría. Fui con el padre Ruiz Velarde y él se prestó a acompañarme. Subimos al auto y nos dirigimos de vuelta al hospital.

Ruiz Velarde, al verla, se dio cuenta de lo que pasaba. Tomó el teléfono y mandó a llamar a varios padres para que lo apoyaran. Sin embargo el director del hospital no permitió que el exorcismo se realizara ahí y nos suplicó que nos fuéramos. Los papás aceptaron el alta y entre varios cargamos a la menor, quien nos lanzaba gritos e insultos. Por fortuna permitieron que nos la lleváramos con la camisa de fuerza. La condujimos a las oficinas del padre, quien al llegar preparó todo. Colocó a san Miguel Arcángel a unos pasos y rezó en silencio antes de comenzar. Luego nos recomendó no tener miedo, conservar la fe y tratar de no escucharla. El padre se acercó a ella y comenzó a rezar en voz alta. Se sentía mucho frío y pesadez en el ambiente, y de la niña brotaban palabras en un idioma distinto del nuestro. Escupía y se escuchaban gruñidos como de animales feroces que salían de su cuerpo. Su energía salió tan fuerte que todos sentimos cómo retumbó el edificio entero y los vecinos llamaron a seguridad pública. La policía se presentó y el oficial al mando dijo en son de burla que cómo era posible que el padre realizara exorcismos en una vivienda. El padre respondió: "¿creen en el demonio, hijos?" Los policías dijeron que no y el sacerdote, antes de cerrarles la puerta, dijo: "entonces no estén chingando".

Fue impresionante presenciar el exorcismo. El tiempo parecía transcurrir lentamente, aunque en realidad se fue como agua. Todo salió bien, la niña despertó sin recordar nada y sus ojos retomaron el color café oscuro. No sabía dónde estaba y nadie le dijo nada. El padre se acercó, le habló orientándola en su fe y les dijo a sus papás que era mejor que no recordara nada y que ellos también lo olvidaran. Al cabo se cambiaron de casa para evitar que los chicos buscaran a su hija y también para olvidar el trago amargo.

La medicina y la ciencia ha hecho grandes avances y podemos recurrir a ellas antes de determinar que existe un caso de posesión. En tiempos de la Santa Inquisición, si alguien tenía personalidad múltiple o comportamiento extraño, se le asumía poseído por el demonio, se le juzgaba y, después de tremendos castigos, lo mataban, cuando tal vez lo único que necesitaban era ayuda médica.

Es importante recalcar que no cualquiera puede llevar a cabo un exorcismo, sólo determinadas personas de la iglesia católica están preparadas para realizarlos y, lo más importante, no cobran un solo centavo y no hieren o lastiman a la persona posesa. Hay muchos charlatanes que lejos de ayudar lastiman física y mentalmente a las personas. Después de varias experiencias con posesiones, como en el caso que me toco vivir en Cañitas, así como la investigación del exorcista que dejé escrita en mi libro *Casas embrujadas*, decidí estudiar más a fondo el tema. Debo decirte que no todas las actitudes agresivas o comportamiento fuera de lo normal son necesariamente posesiones. La ciencia no quiso quedarse atrás y fue avanzando, y así, luego de una gran cantidad de estudios, se descubrió una enfermedad sicológica llamada doble personalidad. Se trata de las diferentes personalidades que puede albergar un sujeto en su propia persona. Por ejemplo, cuando una persona adulta cuya actitud es de seriedad y tranquilidad, en segundos comienza a comportarse como un niño de tres años, alegre, juguetón e inquieto, o bien toma la actitud de un perro o tiene arranques suicidas u homicidas. Y así podría señalar muchos casos más. Esta enfermedad también se conoce como prosopopesis y consiste en que se pueden guardar más de dos personalidades, hasta cincuenta, en un solo individuo. Otro caso que puede confundirse con la posesión es la inflamación en una parte del cerebro; nuestro cerebro funciona a base de pequeños impulsos eléctricos y si hay una inflamación es como si trajéramos un corto circuito encima, que provoca ataques epilépticos. Para descubrir este daño tiene que realizarse un estudio que se conoce como tomografía. Es indispensable llevar a cabo ciertos estudios médicos para comprobar la autenticidad de un caso. La prosopopesis es una enfermedad rara, pero real. Cuando fue descubierta, los científicos descartaron la posesión. Mucha gente que creía hallarse posesa se dio cuenta de que su problema era más real que paranormal y debía ser tratado por médicos. De haberse conocido antes esta verdad, la historia de la Santa Inquisición habría cambiado y mucha gente no habría sido asesinada.

Hay fenómenos que podrían confundirse con intentos de posesión, como ese que muchos conocen como "el muerto se me subió". En realidad es un trastorno del sueño. Ocurre cuando vamos a dormir y de pronto tenemos una terrible sensación de inmovilidad, como si alguien estuviese encima de nosotros y no nos permitiera movernos. Muchos suponen que es un muerto que quiere tomar posesión de nuestro cuerpo. A esto, científicamente se le conoce como trastorno del sueño, y sucede porque el cerebro se programa para mandar una señal al cuerpo y dar aviso de entrar al sueño; así, no podemos movernos porque se supone que estamos dormidos. Pero cuando algo anda mal y manda la señal antes de entrar al sueño, sientes como si alguien te inmovilizara, pues puedes abrir los ojos mas no moverte. En otros casos soñamos que nos levantamos y caminamos dormidos; a quienes esto sucede les llamamos sonámbulos. Lejos de tener que recurrir a un esotérico o brujo, es más fácil llevar una vida ordenada y comer y dormir a tus horas.

Científicamente, está comprobado que una persona que entra en estado de coma en cierta parte del mundo, pongamos China, y otra se halla en coma, con las mismas características, en Estados Unidos, y salen del coma a la misma hora, minuto y segundo, pueden llegar a intercambiar personalidad, pero aún no lo he comprobado. Me ha tocado presenciar varios casos de posesión. Uno de ellos fue el de mi hermano Jorge, en la experiencia de Cañitas, que describo en el libro del mismo nombre. El segundo, con el padre Ruiz Velarde. Muchos casos de posesión son atribuidos a la ouija, que aunque parezca un juego sin ninguna importancia puede desencadenar graves problemas sicológicos y físicos.

Lo que no fue un problema sicológico, fue el caso de una mujer que estuvo dos años en posesión y ni los mismos médicos sabían qué estaba pasando. Un día estaba yo tomando café en Plaza Satélite y se acercó un señor a pedirme ayuda. Dijo que en su familia había una mujer que entraba en posesión a la una de la mañana y ya tenía así más de dos años; los médicos se declaraban incompetentes para resolver el caso. Inmediatamente me propuse ayudarlo y le mandé al sicólogo de la OMIP (Organización Mundial de Investigación Paranormal) a verificar los hechos. Antonio se presentó esa noche y, en efecto, a la una de la mañana algo empezó a suceder en la casa de esta mujer. Inexplicablemente la luz se apagó y acto seguido un frío intenso empezó a rodear la casa. La mujer estaba con los ojos en blanco y gritaba y decía cosas que parecían ilógicas. Antonio consideró necesario que yo me presentara. El reporte me pareció interesante y la noche siguiente me trasladé con todo el equipo necesario para la investigación. Como a las diez fui recibido por la madre de la posesa, muy nerviosa por lo que estaban viviendo; de más está decir que físicamente estaban muy acabados debido a lo que vivían, pues no podían dormir. En ese momento la chica estaba tranquila y platiqué con ella. Me dijo que cuando le pasaba aquello perdía toda noción del tiempo y al despertar se hallaba totalmente adolorida y no recordaba nada. Al mismo tiempo, mis investigadores revisaban la casa con el equipo, pero no encontraron nada que pudiera darnos una pista. El tiempo pasaba y estábamos listos para lo que pudiera ocurrir. Siempre que tomo un caso de posesión, llevo al equipo fuerte de investigación, todos uniformados y equipados con aparatos que ofrecen resultados para completar la investigación. En la casa no había relojes y todos tratamos de no hablar de la hora; de esta forma, la chica no tendría idea del tiempo. Y al acercarse la una de la mañana, hora en que entraba en posesión, algo extraño empezó a suceder. Los platos de la cocina empezaron a vibrar como si hubiera un pequeño temblor y exactamente a la una de la mañana la posesión se dio. La familia, desconcertada y atemorizada, trataba de controlar a la chica. Tuvimos que sujetarla entre todos, pues tenía una fuerza impresionante, a pesar de que era delgada y bajita. Por mi parte, observaba cada detalle de lo que se presentaba, a fin de analizar y comprender el fenómeno de la posesión. Cuando fue sujetada de los brazos y de las piernas, unos gruñidos empezaron a escucharse, y aparentemente salían de la espalda de ella. Antonio y yo buscamos el origen, pensando que tal vez provinieran de la calle, mas no era así. Tratamos de hallar explicación y pensamos que tal vez los gruñidos eran emitidos por su cuerpo, como cuando tenemos hambre y nuestro organismo produce extraños ruidos. Al fin descubrimos que no venían de su estómago sino que salían de las paredes, acompañados de baja de temperatura y olores fétidos. Tras un par de horas, la mujer regresó a su personalidad y no recordaba nada de lo que había pasado.

Tomé la decisión de permanecer en su casa, con la intención de analizar y dar respuesta al fenómeno que estaba viviendo. La noche siguiente la posesión se dio de nuevo y la fuerza física de la mujer aumentó. En el ataque diabólico la puse frente a un espejo, para ver cuál era su reacción. Al verse se desconcertó, no entendía qué estaba pasando con su físico y gritó que no se reconocía. En ese momento se azotó contra el piso con los ojos en blanco y la lengua muy alargada en forma de serpiente. Para mí fue emocionante. Cuando se tranquilizó ordené que la soltaran, y al liberarla, se levantó como si flotara. Se pegó a la pared en forma de cruz y al parecer blasfemó en una lengua extraña y escupió el Cristo que mis investigadores acercaron a su rostro demacrado.

Cuando regresó de la posesión, de nuevo nada recordaba. Era increíble que una mujer tan débil pudiera haber adquirido tanta fuerza. Cuando la sacamos de la habitación y la sentamos en un sillón de la sala, uno de los investigadores abandonó muy pálido la recámara y se desplomó. Por un momento pensé que se había desmayado de la impresión y le pedí a mis compañeros que lo auxiliaran. Al darle vuelta, quedaron perplejos al ver que tenía los ojos en blanco y hablaba en una lengua extraña. En ese momento tocaron a la puerta. Era el sacerdote exorcista que había invitado para que me diera su punto de vista. Quedó impactado con la escena y no necesitó de explicaciones para empezar el ritual de exorcismo. Entre insultos que salían de la boca de él, logró despertar a mi investigador, que se veía desconcertado, no sabía qué estaba pasando. Para todos fue un momento de gran angustia, pues no es lo mismo ver poseída a una persona que no conoces, que ver a uno de nuestros compañeros con ese problema. Cuando parecía que la calma había llegado, la mujer volvió a entrar en posesión. La sujetamos de las manos y el padre comenzó a rezar. Sacó su Biblia, tocó la frente de ella y leyó en voz alta. Ella lo escupía e insultaba y en varias ocasiones estuvo a punto de soltarse. Es difícil explicar esto. Se tendría que estar allí para comprender lo que trato de narrar. El ambiente era cada vez más pesado, el padre colocó el Cristo en la frente de ella y en ese momento la mujer gritó como si le quemara. Trató de confundirnos hablando con otra voz y mostrándose dócil, pero no pasó mucho tiempo antes de que de nuevo nos gritara y nos insultara. Intentaba golpearnos y al mismo tiempo decía que Dios no existía, que eso era mentira. Todo parecía empeorar. De repente el padre gritó con la fuerza de la fe y ella reaccionó. La madre se acercó a abrazarla y la ayudó a levantarse. La posesa parecía asustada, no recordaba nada y no entendía qué hacía tanta gente allí. Tuve que hablar con ella y decirle que se le había practicado un exorcismo y todo volvería a la normalidad. Es importante marcar un punto de fe en el que puedan apoyarse sin que tenga relevancia su religión. Sea cual fuere el dios o el santo que veneren, si logran creer en él esto les ayudará a tener valor para enfrentar su problema. Dijo ella que sentía mucho miedo, pero no sabía por qué o a quién. Su mamá le dio un vaso de refresco y un cigarro, la dejamos en otra habitación y decidí hablar con la familia. Advertí un esquema muy interesante. Me dijeron que cuando ella se alejaba de esa casa pasaban hasta tres días para que los ataques se dieran. Eso me dio la idea de que el ente o demonio la buscaba como un perro busca a su presa. Tomé la decisión, con su familia, de alejarla de su casa y trasladarla a diferentes partes hasta que se recuperase físicamente. Esa misma noche tomó sus artículos personales y partimos a una casa en el Estado de México. Pasamos allí dos noches sin que hubiera problemas y la noche siguiente, exactamente a la una de la mañana, me despertó un ruido extraño en mi habitación, que se hallaba junto a la de la mujer poseída. Desperté y frente a mí ella se desplazaba como si fuera un perro, le salía saliva de la boca y tenía los ojos en blanco. La vi y lo primero que vino a mi mente fue que el ser la había localizado. Cuando me incorporé ella se escondió bajo una mesa y cuando quité la mesa había regresado a la normalidad. Pese a todo, el experimento resultó, pues pude alejar los ataques dos noches. Así, durante varios meses la estuve cambiando de casa con intención de alejar el fenómeno. Con esto logré que ella se fortaleciera en lo físico, lo emocional y lo espiritual y logré que los ataques se fueran alejando cada vez más. Luego de un mes en que todo parecía ir bien, pedí hablar con su familia, la cual no sabía dónde se hallaba ella por razones de la investigación. Ella no deseaba regresar a su casa, tenía miedo, pero yo decidí ir a ver a su mamá esa noche. Llegué a la casa a eso de las diez. Toqué y nadie me abría, y cuando estaba a punto de retirarme se presentó en el lugar un auto con varias personas vestidas de negro. Decidí quedarme a vigilar y cerca de las doce de la noche las luces de la casa se apagaron y únicamente podía percibirse una luz de veladoras en el interior. No parecía un apagón, pues las casas alrededor tenían luz. Traté de ver qué pasaba en el interior y al cruzar el patio trasero noté la puerta de la cocina abierta. Entré y con mucho cuidado abrí la puerta que comunicaba la cocina con la sala. Al ver lo que estaba pasando quedé frío. La mamá se hallaba dentro de un triángulo, totalmente desnuda, y sus compañeros invocaban al demonio. Lo más impresionante era oír como la madre ofrecía a su hija a las manos de Satanás a cambio de que cumpliera sus peticiones. Ahora sabía quién provocaba el problema. Me retiré y fui en busca de la poseída para referirle lo que pasaba en su casa. Ella no me creyó y me pareció oportuno llevarla para que se enfrentara al problema que su madre había causado. Muy enojada, decidió ir. Llegamos y ellos aún estaban ahí. Entramos sigilosamente y desde la cocina observamos a la madre ofreciendo la vida de algunos animales y el espíritu de su hija al rey de las tinieblas. Al escuchar esto, la hija decidió entrar a la sala, enfurecida. Quiso golpear a su madre mientras los invitados quedaron mudos y desconcertados. El ritual quedó incompleto, el conjuro se había roto. La hija abofeteó a su progenitora, tomó su ropa y salió de la casa para no volver jamás.

Los ataques desaparecieron y la muchacha no volvió a ver a su madre. Lo último que supe de ella fue que se había casado y vivía felizmente. Al parecer todo había quedado en el pasado.

Los exorcismos y las posesiones no han sido desechados por la iglesia, de modo que decidí viajar al Vaticano para averiguar más sobre tan polémico tema. En la Plaza de San Pedro traté de buscar información, pero la iglesia se mostró hermética, no le gusta hablar de eso. Sin embargo, fui testigo de que el 6 de septiembre de 2000, durante una audiencia pública del papa Juan Pablo II, una joven de diecinueve años, al hallarse frente a su santidad, comenzó a convulsionarse y proferir todo tipo de insultos contra el sumo pontífice. La sala de audiencias estaba llena de visitantes y periodistas. La joven estaba entre un grupo de muchachos estadunidenses que esperaban para saludar al papa. De pronto la chica comenzó a moverse frenéticamente y a lanzar unos extraños sonidos guturales rasposos y profundos. Finalmente saltó hasta colocarse frente a Juan Pablo II, quien estaba sentado. El rostro de la chica se transformó en unos segundos en una máscara espantosa y sus ojos adquirieron un color rojo malévolo. A la vez que adoptaba posturas lascivas, le gritaba al papa toda clase de insultos en latín, arameo y lenguas desconocidas. Casi de inmediato Juan Pablo II fue rodeado por su cuerpo de seguridad personal y por miembros de la guardia suiza que custodian el Vaticano. Los allí presentes quedamos impresionados por lo insólito de la situación y muchas personas salieron corriendo despavoridas; otras, se desmayaron. El lugar se impregnó de un olor nauseabundo y una extraña niebla amarillenta cubrió todo. En el momento mismo del ataque, Juan Pablo II levantó el crucifijo que siempre llevaba al cuello y lo interpuso entre él y la demoníaca muchacha, al tiempo que pronunciaba unas palabras en latín. Luego, ordenó que la chica fuera llevada a una habitación contigua. La audiencia se canceló y el papa fue retirado deprisa a un lugar seguro. Entre quienes lo acompañaron en su precipitado retiro estaba monseñor Salvatore Brega, de la comisión vaticana de exorcistas, quien días después, al ser entrevistado por los medios de comunicación, declaró: "es un hecho que no puede ser negado, pues sucedió ante los ojos de muchas personas".

Luego de que el papa fue atendido por su médico personal y se comprobó que no había sufrido daño físico, preguntó por el estado de la chica y se le informó que permanecía en las mismas condiciones alteradas de conciencia. Solicitó entonces que le llevaran el nuevo *Manual del exorcista*, promovido y actualizado por él mismo en 1982 (el anterior había sido promulgado en 1614 por el papa Pablo V). Manual en mano, su santidad pidió a otros dos sacerdotes que lo auxiliaran en el exorcismo. Sin pensar en su delicado estado de salud, pidió hacerse cargo de la situación, aunque por experiencia sabía que era un proceso duro y desgastante. Según averigüé, al entrar a la habitación donde se hallaba la joven, el demonio que se había posesionado de ella se manifestó de manera aún más violenta y agresiva, llegando incluso a manchar de vomito pestilente la vestimenta del papa. El santo padre, sin embargo, no se inmutó y de manera firme comenzó el ritual, que contiene 21 normas que el exorcista debe seguir: un conjunto de oraciones, señales e imposiciones perfectamente claras y determinadas, así como el uso imprescindible del crucifijo y agua bendita. Durante un tiempo que se hizo eterno, el papa repitió una y otra vez la formula "yo te exorcizo", mientras colocaba una mano en la cabeza de la poseída. El santo padre, agotado, se retiró unos pasos a descansar en una silla, mientras los demás continuaban con la letanía para expulsar el maligno, ordenándole en nombre de Jesucristo que abandonara el cuerpo de la chica y pidiendo la mediación de la virgen María, lo que en el anterior manual no se contemplaba. Luego de una desgastante jornada, el papa logró expulsar al demonio de la joven y ella fue llevada a una clínica para su recuperación física total. El siquiatra italiano Giovanni Veca, no cristiano, que vive en Nápoles, dijo: "se debe establecer entre sacerdotes y siquiatras una estrecha colaboración que tenga en cuenta la realidad espiritual. Antes de haber tropezado con la posesión de uno de mis pacientes y de haber constatado el éxito de un exorcismo hecho por un sacerdote en esa persona, cuando mis conocimientos clínicos fueron inservibles, hubiera dicho que su mal no era más que un desorden mental perfectamente explicable por la ciencia. Ahora, mi experiencia personal me ha permitido aceptar la verdad del mal y la existencia del diablo. Ahora entiendo que la incontrolable angustia de quienes abandonan alguna secta diabólica es causada por el temor continuo a ser asesinados o sufrir algún daño grave proveniente de esa fuerza oscura que se instaló en lo más profundo de su ser y que sólo un exorcismo podría expulsar".

El caso de la chica que el papa exorcizó es una prueba clara de que aun cuando la persona tenga varios meses o años de haberse alejado de una de esas sectas, el mal no la abandona fácilmente; sólo espera el momento justo para manifestarse, atacar y poseer nuevamente.

Panorama de la Plaza de San Pedro.

El padre Tutu, exorcista del Vaticano.

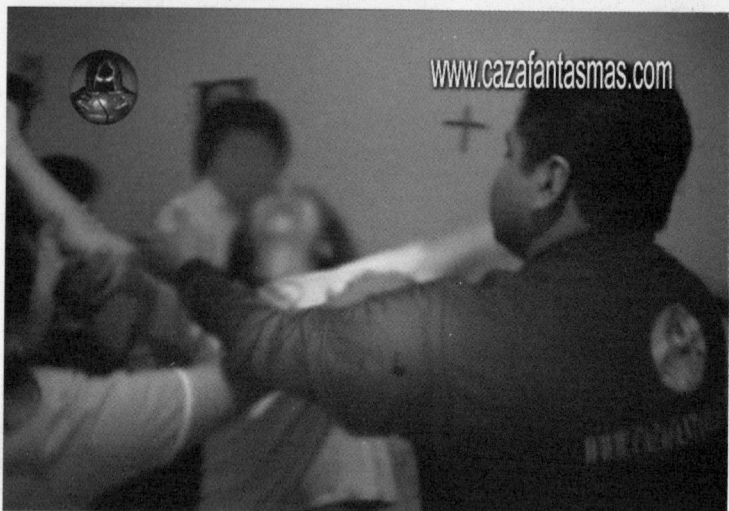

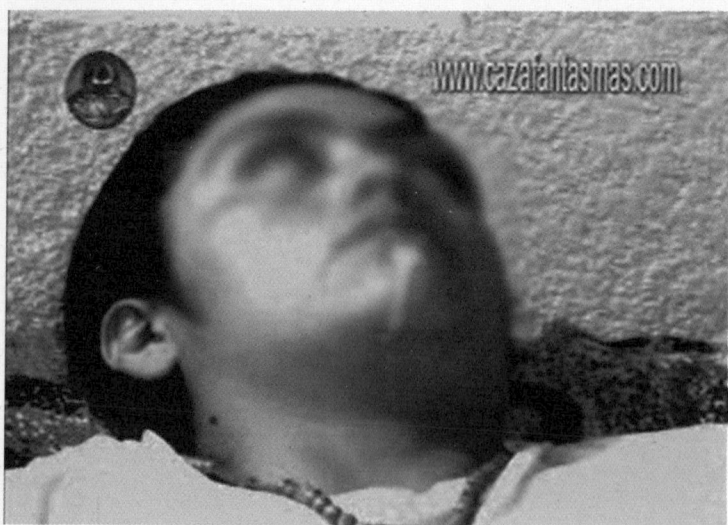

Jack el Destripador

Durante el viaje que hicimos a Londres, una de las historias que tenía intención de investigar era la de Jack el Destripador, famoso criminal conocido a nivel mundial. Pero, ¿es producto de la imaginación de un escritor o es un personaje real? ¿Se trataba de un sicópata que odiaba a las mujeres que vendían su cuerpo? Si es así, ¿por qué lo hacía, en qué año vivió, cuál es su rostro, cómo se llamó? Para averiguarlo era necesario estar en el lugar de los hechos, recorrer sus calles, visitar los lugares donde vivían las mujeres asesinadas y saber si en esos sitios se da algún tipo de fenómeno paranormal vinculado con las muertes. Era necesario conocer el lugar donde vivió Jack el Destripador, hallar algo que avale su existencia y no dejar que quede en leyenda urbana. Programé mi equipo de investigación para la gira paranormal y uno de nuestros destinos era Inglaterra, un país lleno de leyendas y muertes trágicas e injustas. En esta parte del planeta ven la muerte desde otro punto de vista, pues les tocó vivir las dos guerras mundiales. Todos tienen ancestros fallecidos en combate, por invaciones o, peor aún, por ser judíos. Cada habitante de aquel país puede contarnos una historia distinta, desde diferentes perspectivas. Sin embargo, los campos de concentración nazis y las energías que de ellos emanan los trataré en otro libro. Volviendo a los ingleses, comprobé que son personas frías. ¿Será que su pasado y lo que han vivido a través del tiempo les ha dejado huella? No sabría decirlo. Sin embargo, Inglaterra es un país hermoso, con significativas edificaciones y una historia increíble. Londres fue la sede del primer y más despiadado asesino en serie, que salía por las noches para atacar a sus víctimas, casi siempre prostitutas. En la Inglaterra de 1888, muchas mujeres casi enloquecieron de terror. Seis crueles asesinatos provocaron el miedo generalizado en las calles de Whitechapel, un barrio pobre londinense que congregaba a las prostitutas. La policía siempre tenía trabajo allí a causa de las peleas de los alcohólicos, pero nada parecido a lo que se presentaría más tarde. La era del terror había llegado a Londres. Encontraron primero a una prostituta que respondía al nombre de Emma Smith. Le habían cortado las orejas y extraído los intestinos, que estaban desparramados en un charco de sangre en una de las calles del viejo barrio. Al día siguiente, Scotland Yard recibió una caja de cartón que contenía una de las orejas de Emma, lo cual significaba un reto para la autoridad. Llegó el verano y en la misma zona apareció asesinada otra prostituta, de nombre Martha Tabram. A Martha le extrajeron un riñón. Los hombres de Scotland Yard compararon los dos asesinatos y dedujeron que no sólo se trataba del mismo asesino sino que éste tenía conocimientos de cirugía. Días más tarde, en Scotland Yard hallaron otro regalo dentro de una caja de cartón: un riñón humano.

El viernes 31 de agosto, apareció el cuerpo sin vida de la prostituta Mary Ann (Polly) Nichols en un callejón del East End londinense. La prensa, que no dejaba de criticar el trabajo de la policía, dio la señal para que se prestara especial atención a esas muertes y las que siguieron. Fred Abberlaine, el mejor inspector de Scotland Yard, fue elegido para descubrir quién se hallaba tras los asesinatos. Los tres casos mostraban detalles semejantes, que daban fe de que los asesinatos no habían sido fruto de una pasión desenfrenada o una pelea; la tercera víctima presentaba dos cortes de precisión quirúrgica, uno longitudinal y otro transversal, en el abdomen, y faltaban órganos vitales extraídos por el asesino: los riñones y el útero.

Por la noche las calles eran un peligro para las prostitutas que seguían trabajando; en sólo diez semanas murieron cinco mujeres. Las últimas fueron las prostitutas Mary Jane Kelly y Catalina Eddowers, y a ésta le extrajeron los ovarios además de un riñón. Hubo varios sospechosos, como el actor Richard Mansfield, que en esos tiempos representaba en Londres *El doctor Jekyll y Mr. Hyde*; otro fue John Netley, un cochero que tenía conocimientos médicos. Jack el Destripador volvió a matar, esta vez a Annye Chapman, una prostituta que había pasado la noche en un hotel con el asesino. Con esta mujer el sicópata se ensañó mucho más. Según refería un periódico londinense: "... la pobre mujer estaba echada de espaldas sobre la cama, completamente desnuda. Tenía la garganta seccionada de oreja a oreja, hasta las cervicales. Las orejas y la nariz estaban separadas a cuchillo con mucha limpieza. Y también los pechos, que estaban sobre una mesa al lado de la cama... El estómago y el abdomen abiertos, y el rostro mutilado, de tal forma que no podían reconocerse ya los rasgos. Le habían extirpado los riñones y el corazón, colocados igualmente en la mesa al lado de los pechos. El hígado estaba sobre el muslo derecho, así como la parte inferior del cuerpo y el útero". El asesino osó enviar una carta a Scotland Yard presentándose y firmando como Jack el Destripador e informando que se había comido en un guisado parte del riñón de una de sus víctimas. Además, advirtió que tenía pensado asesinar a 16 mujeres y luego dejaría de matar. Su identidad sigue siendo un misterio y a veces, debido a la literatura y a tantas películas que lo han adoptado como personaje, podría creerse que Jack no existió. Pero fue real. Hay registros de un asesino en serie que se hacía llamar Jack el Destripador y tuve acceso a un expediente, bastante polvoriento, que contenía el seguimiento de la investigación de Scotland Yard. Contiene las fotografías tomadas por el forense y las características de los escenarios. Es el caso interesante de un sádico que las mutilaba con cortes exactos. Disponiendo de esta información, decidí ir más a fondo. Tomé algunas fotografías y traté de descifrar el misterio desde el punto de vista paranormal. Jack mató a seis mujeres entre agosto y noviembre de 1888. Para mí, el secreto fue que más que cantidad perseguía calidad. Tenía que ser una persona detallista, rápida y observadora, que optó por una minuciosa perfección artesanal, en vez de inclinarse por continuar las muertes en serie. Tenía un sentido estético visceral: nada le gustaba más que decorar el escenario del crimen con los órganos internos de sus víctimas. Los medios de comunicación del siglo antepasado no sabían qué opinar de Jack. Todos estaban de acuerdo en que era un monstruo, pero era difícil definir la personalidad de alguien capaz de abrir un vientre de tajo y hurtar un feto, y más todavía, adornar con cuidado una ventana usando las entrañas de sus víctimas. ¿Como imaginar su rostro, cómo describir su simetría física? ¿Describirlo como un loco homicida, brutal, babeante, mientras descargaba el cuchillo una y otra vez, desgarrando, destrozando, destruyendo; o como un hombre pálido y nervioso dividiendo, abriendo, cortando decidida y eficazmente mientras buscaba el hecho estético suficiente para aterrorizar a quienes vieran su obra? Los evidentes elementos teatrales que tanto atrajeron al asesino de Whitechapel lo hicieron darse a sí mismo el nombre de Jack el Destripador, mediante una carta así firmada. También mandó cartas a los hombres encargados de cazarlo, cartas que se hallan en el expediente, y aunque suene loco escribió poemas detestables, como el siguiente, que fue tomado de una de sus cartas.

Six little whores, glad to be alive,
one sidles up to Jack, then there are five.
Four and whore rhyme aright, so do three and me.
I'll set the town alight, ere there are two.

Seis prostitutas, contentas de vivir,
una topa con Jack y sólo quedan cinco.
Cuatro y prostituta riman bien, lo mismo que tres y yo.
Incendiaré la ciudad y sólo quedarán dos.

JACK EL DESTRIPADOR

¿Disfrutaría el asesino con el miedo que creaba en la sociedad de esa época? Tenemos que recordar qué tiempos eran. Muchas teorías hay sobre este personaje, las cuales debía investigar. Cuando estuve en Londres encontré la hipótesis de un detective británico retirado, quien luego de pasar más de diez años estudiando el caso, concluyó que más de una persona cometió los horrorosos crímenes atribuidos a Jack el Destripador. Trevor Marriot planteó como prueba a favor de su conclusión el caso de dos asesinatos en los cuales las víctimas fueron descubiertas con una diferencia de apenas 12 minutos. "Es altamente improbable que el asesino se haya detenido después del primer asesinato a dar muerte a otra víctima, en un lapso tan breve", afirmó.

El ex detective, que trabajaba para la policía del condado inglés de Bedforshire, se dedicó a investigar los pasos de Jack el Destripador durante 10 años. En una ponencia presentada en la Universidad de Ulster, Marriot cuestionó la identidad de muchos de los sospechosos que fueron culpados con el pasar de los años. "La mayoría de ellos no merece siquiera que se les califique de sospechosos". Para este detective en retiro, el caso quedó inconcluso. Un médico estadunidense, Francis Tumblety, arrestado en el momento de los asesinatos por comportarse en forma indecente en público, fue relacionado con los crímenes de Jack el Destripador porque coleccionaba órganos femeninos. Muchas de las víctimas de Jack fueron mutiladas y algunos de sus órganos fueron extraídos. Un personaje descartado por Marriot es el nieto de la reina Victoria, el príncipe Alberto Víctor, de quien se sospechaba que tenía una amante en el barrio. El ex detective afirmó que aún no tenía un sospechoso clave, pero aseguró que seguiría investigando el caso. Jack puede ser un poema para muchos que gustan del cine de terror; para otros, una mancha en la historia de Londres, mas para mí es el principio de una de las investigaciones del fenómeno paranormal más interesantes. De la prostituta que mató en un hotel, hasta hoy se dice que su fantasma sigue apareciendo en la habitación donde perdió la vida. Tenía yo que localizar el lugar exacto donde los homicidios se habían llevado a cabo. Esto fue muy complicado, pues todo Londres está muy cambiado a causa de los bombardeos de la segunda guerra mundial. Sin embargo pude localizar planos antiguos y me dirigí a la calle donde encontraron a los cuerpos. Monté un equipo justamente en uno de los callejones de la zona, se colocó un circuito cerrado y Yuss levantó testimonios de las personas que actualmente viven ahí. Visitamos departamentos y oficinas y toda la gente coincidió en que en esa área han llegado a ver una mujer que pasa corriendo y llorando. Las personas están tan habituadas al fenómeno, que no le dan mucha importancia. Pero mi objetivo era justamente la mujer hallada en una habitación de hotel en Londres. Estudié la información de los viejos tiempos y al compararla con la actual pude ver que el hotel estaba aún de pie frente al parque principal, donde se habían llevado a cabo los homenajes a la princesa Diana. Localizar el hotel fue muy fácil y más fácil entrar a él, pues se hallaba en total abandono, casi en ruinas. Recorrí cada uno de los cuartos, que estaban a punto de caerse, así como los irreconocibles pasillos. Yuss decidió montar el equipo de monitoreo en la zona intermedia del hotel, desde donde podría alcanzar cada uno de los cuartos, y colocó cámaras en algunas habitaciones. Por mi parte, organicé el equipo de investigación sin problema alguno. En todas las investigaciones estamos perfectamente comunicados, de forma que si se da alguna manifestación, puedo mandar verificar el lugar de manera inmediata. Como siempre, se requiere paciencia, pues no es tan fácil cazar un fenómeno. No se dan cuando uno quiere sino cuando se reúnen las condiciones adecuadas para que se manifieste. Si ya leíste mi libro *Historias vivas de espantos y muertos*, donde describo las técnicas de investigación, sabes de qué estoy hablando. Las primeras noches pasaron sin novedad, fuera de ciertos ruidos extraños y algunos acontecimientos dentro de lo normal. Sin embargo, cierta noche, a eso de las dos de la mañana, cuando todos nos sentíamos un tanto decepcionados porque hasta el momento no se había registrado nada, nos hizo reaccionar un fuerte grito que retumbó en cada una de las habitaciones. Al parecer el grito venía de los pisos superiores, por lo que de inmediato subimos. Me comuniqué por radio con Manuel, que se encontraba en los pisos de arriba, y me dijo que también había escuchado el grito y que le había parecido que salió de una de las habitaciones, a la que entró sin hallar a nadie. Inmediatamente revisé la cámara y sólo se había grabado el grito, pero no parecía escucharse cerca. No logré encontrar nada que me dijera exactamente de dónde provino el grito. Revisé cada uno de los objetos que estaban en los diferentes cuartos, pero ninguno daba el sonido que se encontraba registrado en la casa. Las noches siguientes fueron de gran tensión y emoción, mientras aguardábamos el momento en que se presentara de nuevo el fenómeno. Tres días después, y exactamente a la misma hora, un grito estremeció la habitación donde yo estaba, pero esta vez no me tomó desprevenido. Localicé el lugar exacto, en el último piso, una habitación que daba a la calle. El fenómeno se acercaba y necesitaba estar listo. Decidí reubicar el equipo técnico de investigación, así como el monitoreo. De esa forma podríamos capturar algo. Mandé a otro de mis investigadores a buscar información del hotel para saber en qué cuarto exactamente habían ocurrido los hechos. Esta vez no nos dejaron acceder al expediente, no entiendo por qué. Afortunadamente Yuss, en la primera visita, lo grabó en video, y de esta forma averigüé en qué habitación había sido encontrada la mujer. Era de esperarse que fuera la misma habitación en que se registró el grito. Todos estábamos entusiasmados, al fin teníamos algo. Las siguientes dos noches pasaron sin novedad, pero la tercera fue diferente. En todo el edificio el ambiente era muy denso y extraño, no como las noches anteriores. Estaba lloviendo y recordé que el día en que se escuchó el grito también llovía. Cerca de las dos de la mañana, uno de los tres muchachos que estaban en el pasillo del tercer piso fue al baño en una de las recámaras. En ese momento, los dos que se quedaron empezaron a escuchar como si alguien arrastrara los pies desde el fondo del pasillo. No podían sin embargo determinar el lugar exacto del cual provenía el sonido, que iba en aumento. Me avisaron por radio y empecé a buscar por el circuito cerrado algo que pudiera justificar lo que se estaba escuchando. En ese momento regresaba del baño el tercer investigador, Lalo, que marchaba de frente hacia sus compañeros, pero no se detuvo, simplemente pasó de largo, como retraído. Los otros dos, extrañados, le preguntaron qué tenía y él les indicó que miraran atrás. Al volverse, vieron que una mujer sin cabeza salía de la habitación arrastrando los pies. Pude verla por el monitor colocado en la parte de afuera y di instrucciones de que no se acercaran al fenómeno, pues era energía y podría dañarlos. Cuando llegué a la habitación me dijeron lo que habían visto. No imaginaban qué iba yo a decirles, ya que no la habían grabado, solamente fueron testigos oculares. Les dije que no se preocuparan, yo la había visto en el monitor e inmediatamente verificamos. En efecto, quedó grabado el fantasma de una de las prostitutas que Jack había matado. No podía ser otra; según los datos que tenía, a ella le cortaron la cabeza. Sólo nos faltaba comparar la imagen con la de la mujer asesinada en ese lugar. Se sentía el sufrimiento, cosa extraña. Comparé luego las fotos del forense y la imagen capturada por la cámara. Había muchas similitudes. Pero cómo ayudarla. Había permanecido en ese lugar muchos años. La propiedad fue al parecer abandonada porque todos los propietarios, en distintos tiempos, sufrieron serios accidentes en el hotel, sobre todo los hombres. A los viajeros no les gustaba hospedarse allí y por eso el hotel se fue a la quiebra. La propiedad está en total abandono y gracias a eso no me costó trabajo realizar la investigación, pues nadie nos reclamó por entrar sin autorización. No sé si la mujer asesinada se niega a irse o desea descansar en paz. Pero sin duda esta mujer que deambula en el lugar mismo de su muerte es la única evidencia de la existencia de Jack el Destripador.

Uno de mis objetivos en este viaje era llevar las investigaciones que realizo más allá de nuestras fronteras, para encontrar respuestas y poner la bandera de México muy en lo alto. En nuestros uniformes, además del logo de la Organización Mundial de Investigación Paranormal, llevamos a un costado los colores de nuestra enseña nacional. Los resultados que obtuve en esta investigación me ayudaron a comparar esos fenómenos con los que existen en México. No olvidemos que en Ciudad Juárez se sufre por las mujeres que han sido asesinadas y enterradas en esa zona, conocidas como las muertas de Juárez. En este caso también se cree en un asesino serial y, de igual forma, hay más de un sospechoso. Sin embargo se desconoce el rostro del siniestro homicida y sus motivos. En ambos casos se trata de mujeres, aunque en Londres el asesino las mutiló y ciertas partes de los cuerpos no fueron encontradas en el lugar de los macabros hallazgos.

En cuanto a la manifestación del fenómeno, pude comprobar que la temperatura no siempre baja. La primera vez que escuchamos el grito sí percibimos un cambio, pero cuando vimos el fantasma no hubo olores fétidos o extraños. Eso me encantó, pues como cazafantasmas profesional resulta de importancia encontrar ese tipo de evidencias para compararlas con las que surgen en otros casos.

La investigación continuó varias noches. Esperábamos cazar el fenómeno, pero en los días siguientes no fue suficientemente repetitivo como para estudiarlo a fondo. Los datos bastaron, sin embargo, para obtener el perfil del fantasma de la mujer. El siguiente paso era buscar el cuerpo. ¿Dónde estaba? ¿La habrían enterrado? ¿Dónde? ¿Alguien la reclamó o no tenía familia? Tenía que encontrar el cuerpo y busqué un historiador que me dijo dónde localizar los cementerios de aquella época. En esos tiempos la ciudad no era tan grande y era posible que los cementerios aún existieran. Si no, acudiría a los lugares donde estuvieron para averiguar si se daban fenómenos paranormales. Recorrí varios cementerios que afortunadamente habían sido respetados y al fin encontré el que buscaba. Debía localizar las tumbas de las prostitutas asesinadas y por fortuna contaba con sus nombres y aun con sus fotografías. El cementerio era grande y las lápidas estaban muy deterioradas. Durante días busqué las fosas de las mujeres y logré encontrar cuatro; una más la hallé en un panteón cercano. El vigilante de uno de los cementerios me informó que existían en el archivo local los expedientes de las mujeres asesinadas por Jack el Destripador y podía mostrármelos. Tras revisar los documentos, estaba seguro de que una de ellas era la mujer que vimos en el hotel. Su fotografía fue revisada minuciosamente contra el video, cuadro por cuadro. Coincidía en estatura y corpulencia con la mujer que se manifestaba en el hotel embrujado. La historia estaba cuadrando a la perfección. Decidí regresar a los lugares donde Jack había atacado a cada una de las mujeres asesinadas. Conseguí fotografías del antiguo Londres, sobre todo del barrio Whitechapel, y me di cuenta de que los viejos edificios siguen en pie. Whitechapel no ha cambiado mucho, no es un barrio elegante sino un barrio bajo de la ciudad. Allí hay mujeres que venden su cuerpo por las noches y abundan los delincuentes. Hallándose allí la mente vuela y se desplaza a aquella época de terror y se respira el miedo que envuelve las noches.

En el expediente de la investigación policíaca se habla de un sospechoso que llamó mi atención. George Chapman vivía en un departamento cuya ventana daba a la zona donde fue localizado uno de los cuerpos. Desde allí podía ver a las prostitutas y allí podía hallar rápido refugio. Esto lo convirtió en sospechoso. El sujeto destacaba para mí porque los investigadores de la época no examinaron su origen y su árbol genealógico. Me dediqué a la búsqueda de documentos pues tenía la seguridad de que en ellos encontraría la respuesta a la verdadera identidad de Jack el Destripador. Me costó mucho trabajo localizar la documentación de Chapman, pero al cabo de unos días la tuve en mis manos. Investigué a sus padres y grande fue mi sorpresa al descubrir que su padre era alcohólico y se había casado con una prostituta. El papá lo maltrató mucho en su infancia y su madre no quiso revelarle al niño que su verdadero padre era otro, y por esto el hombre que él consideraba su progenitor lo maltrataba. Quizá por ello generó un gran odio no sólo a su madre sino a las prostitutas en general. Contaba ya con una pista, una clave que me decía que Jack podría ser ese hombre. ¿Cómo comprobarlo? Había recorrido parte del camino, pero me faltaban respuestas. Seguí buscando información y revisé los documentos y las actas de nacimiento de otros hijos de la señora. Grande fue mi sorpresa al hallar allí la respuesta. George Chapman había tenido una hermana a la que dejó de ver tras la muerte de su madre, que los abandonó muy jóvenes. La siguiente pregunta era: ¿qué había pasado con la hermana? La respuesta brilló cuando recordé que una de las prostitutas asesinadas era de apellido Chapman y de nombre Anne. Esto me dio la clave para comprender que la mujerzuela muerta en el hotel era la hermana de Jack el Destripador. Él odiaba a las mujeres que ejercían esa actividad y como era asunto de familia nunca lo pudo superar. Queda claro que por tanto buscaba a sus víctimas donde pensaba que debía hallarse su hermana, y debido a la oscuridad y la niebla se confundía y las mataba brutalmente. Lo más increíble es que la mujer del hotel fue la hermana de Jack. Y con esto puedo decir que el verdadero Jack el Destripador era George Chapman.

Sin duda Jack el Destripador es parte importante de las leyendas británicas, junto con la niebla londinense, el Big Ben y el monstruo del lago Ness. En realidad, lo que hizo famoso a este asesino serial es que haya sabido desaparecer sin dejar huella.

Calles de Londres donde Jack cometió sus crímenes.

Fachada del hotel donde murió Mary Ann.

Panteón donde descansan los restos de Mary Ann.

Me dolió, mamá

¿Regresará una persona después de morir? Los temas que hemos tratado son importantes y este no lo es menos. ¿Cuánta gente piensa que existe vida después la vida? Muchísima. Existen religiones en que se cree fielmente que un espíritu reencarna después de morir. Hay gran cantidad de libros y personas que hablan del tema con una seguridad verdaderamente impresionante. Yo le pregunto a ellos: ¿cómo pueden hablar de un lugar que no conocen, que ni siquiera les ha preocupado o han tratado de investigar?

Abordan el tema con tal seriedad que nos convencen, nos hacen creer que efectivamente existe la reencarnación o la vida después de la vida. Es importante tener bases sólidas para hablar y no andar especulando por ahí, escribiendo libros de manera irresponsable, apareciendo en programas de radio o televisión para hacerse de fama, mientras dañan la investigación seria que muchos realizamos. Una investigación sobre el tema de la cual quedé muy sorprendido, trató de un sujeto normal, sin problemas sicológicos aparentes y empezó por una simple casualidad.

Cierto día se me acercó una persona de nombre Julio Alcázar. Yo me encontraba en un restaurante en las calles de San Cosme e Insurgentes, en la ciudad de México. Velasco me preguntó si en verdad me dedicaba a la investigación de lo extraño y lo sobrenatural, pues me había visto en programas de televisión. Le dije que, efectivamente, a eso me dedicaba. Preguntó cuánto cobraba por mis servicios y le dije que las investigaciones a nadie le cuestan, yo hago todos los gastos. Preguntó si tenía tiempo para hablar con él y dije que no tenía problema.

Se sentó y empezó a contar que en repetidas ocasiones había soñado que se encontraba en un pueblo en tiempos de la revolución, acompañado de una muchacha llamada María, con la que tenía fantasías eróticas. Le pregunté si la conocía físicamente y dijo que únicamente en sueños. Pero la extrañaba y sus relaciones amorosas fracasaban porque María se hallaba siempre en sus pensamientos.

Julio no estaba preocupado, ni siquiera inquieto, simplemente tenía la duda. Le dije que sería interesante realizar una hipnosis y determinar qué había en sus sueños e inquirí si estaba dispuesto a que se le practicara sin correr ningún riesgo. Preguntó cómo era la hipnosis. Le aclaré que no se le inyectaría ningún medicamento, era cuestión de mantenerlo relajado y trataría de dormirlo hasta que entrara en hipnosis y una vez ahí debía seguir todas las instrucciones. Dijo que lo pensaría y después de dos horas de agradable plática se retiró.

Un año después se comunicó para decirme que su sueño lo tenía cada vez más intrigado y deseaba salir de dudas, así que me pidió que le realizara la hipnosis. Me dediqué a preparar la terapia y lo cité una tarde. Le di todas las instrucciones y se acomodó en un sillón. Comenzó el proceso para dormirlo, pasaron varios minutos y luego de un rato entró al sueño. Le hice varias preguntas para comprobar que había entrado al estadio subconsciente. Lo hice retroceder en el tiempo hasta llegar al vientre de su madre, cuando tenía pocos meses de embarazo. Me describió cómo se sentía, dijo que flotaba, escuchaba los latidos del corazón de su mamá y sentía cómo ella lo acariciaba tocando su vientre y le transmitía gran amor.

Retrocedimos más aún, hasta antes de que su madre estuviera embarazada. Dijo que se encontraba en un lugar oscuro, donde escuchaba muchas voces, pero no lograba definir de quiénes eran. Después no escuchó nada. Sin resultados esperamos unos minutos a que describiera qué pasaba o mencionara dónde se encontraba. De repente dijo que estaba con María, su esposa, en el año 1911. Estando él en el pasado le pregunté cómo se llamaba y dijo con seguridad: "Macario". Pregunté dónde estaba y su voz y su forma de hablar cambiaron, como si estuviera platicando con otra persona. Se escuchaba confundido y un poco asustado, pues no entendía quién le hablaba. Dijo que se encontraba en el poblado de Guayamón, Campeche, y acababa de combatir. Lo más sorprendente de la hipnosis fue que preguntó con voz de pueblerino quién era yo y dijo que no podía verme. Julio se veía muy inquieto, y cuando esto pasa es común que el corazón del hipnotizado comience a latir muy rápido y se acelere su respiración; por lo mismo es importante tranquilizarlo y en caso de no lograrlo se le debe despertar, pues primero está su salud. Le respondí a Macario que no podía verme porque me encontraba en su mente y le dije que confiara en mí. El paciente se tranquilizó y ya sereno le pedí que describiera el lugar. Estaba muy cansado, repuso, había perdido mucha sangre por una herida en una de las piernas y su esposa María lo estaba curando. Pregunté por ella. Está con las soldaderas, calentando agua, dijo, y en seguida le preguntó a María: "¿oyes esa voz?" Es increíble, cuando alguien entra en hipnosis, sus reacciones así como sus gestos nos dicen que están en lugar distinto, en un espacio y un tiempo diferente; si hay alguien con ellos pueden platicar y podemos escuchar lo que dicen a la otra persona. Macario dijo: "de veras, María, me está hablando alguien aquí en mi cabeza, pero no veo a *nai-den*. ¿Por qué no me crees?" Para tranquilizarlo le dije que únicamente él podía escucharme, su esposa no podía oírme ni hablarme. Entonces le dijo a María que no estaba loco, ni embrujado, ni deliraba por el balazo y le pidió que lo ayudara a pararse. Mi paciente intentó levantarse del sillón y lo tranquilicé, le pedí que describiera el lugar donde se encontraba. Más tranquilo, refirió que estaba en una hacienda con muchos heridos y muertos. Había una fuente en medio del lugar, de donde acarreaban agua para beber. Y surgieron nuevamente las preguntas: ¿quién era yo, cómo era posible que pudiera escucharme, dónde estaba, era brujería o qué estaba pasando?

Para comprobar si la hipnosis había dado resultado, necesitaba localizar el sitio donde se suponía que estaba Julio. Y esto sería una prueba para determinar si existe vida después de la vida o reencarnación. Decidí profundizar, pero antes era importante tranquilizarlo. Luego de varios minutos le dije que estaba en su mente, no podía verme y no era brujería. Después, de nuevo le pedí que mencionara el lugar donde estaba. Dijo que era diciembre de 1911 y estaba en Guayamón. Pregunté cómo era su esposa. Respondió que era bajita, morena, bonita, con ojos color cielo y la quería mucho; además, estaba embarazada. Macario-Julio empezó a inquietarse nuevamente (su respiración se aceleraba, sudaba mucho), pero antes de suspender la hipnosis lo hice viajar de año en año (realizar una hipnosis es un ejercicio de concentración: ellos escuchan mi voz y siguen las órdenes que doy) hasta llegar a la fecha posible de la muerte de María. Y la mejor forma era preguntar por el último día de cada diciembre. Así tendría que decir lo que pasó cada año.

En el año 1913 estaba desconsolado. Su esposa había sido asesinada junto con su hijo y varios compañeros en una emboscada en el mes de junio, en Chihuahua. Se sentía muy solo y se había refugiado en una cantina con varias mujeres. En ese momento sus ojos se llenaron de lágrimas y empezó a llorar. Era evidente el dolor que sentía, aunque estuviera dormido. De repente comenzó a llamar a María (su voz era la de un hombre ahogado en alcohol) y luego reseñó cómo salió de la cantina, en el pueblo de Jarretaderas, Nayarit, para suicidarse de un tiro en la cabeza.

Julio, hallándose en hipnosis, vivía todo lo que me contaba y sintió claramente ese deseo de dejar de existir. Vi cómo su rostro reflejaba desesperación y comenzó a gritar y a agitarse. Esto me preocupó, pues podía afectarle. La investigación estaba llegando más allá de lo imaginado y podría ocurrir que Julio sufriera un choque muy fuerte, de modo que decidí terminar la hipnosis. Antes de despertarlo le dije que no debía recordar nada de lo que habíamos hablado y que olvidara los sueños en que aparecía María. La intención era evitarle problemas sicológicos que pudieran afectar su vida. Salió de la hipnosis con un pequeño dolor de cabeza, normal en estas sesiones, y dijo no recordar nada de lo dicho. Vio su reloj y se sorprendió de que hubiesen transcurrido dos horas. Quiso saber qué había dicho y qué ocurrió. No le dije nada para no inquietarlo. Como es mi costumbre, tenía que comprobar, ubicarme en el lugar de los hechos. Al siguiente día me trasladé a Jarretaderas, donde al parecer falleció Macario. Fue sencillo localizar el pueblo, que está cerca de Puerto Vallarta, Jalisco. El lugar es pequeño y no ha ocurrido allí ningún suceso histórico relevante. Localicé algunas fotos que mantengo en mis archivos y a veces exhibo.

No puedo afirmar que se trate de un caso de reencarnación verídico, ni tampoco que María haya existido. Y para no me quedarme con la duda de la reencarnación, tuve que realizar varios experimentos.

Si alguien está vivo es porque tiene su espíritu o alma, y su corazón late. Si alguien ha muerto, simplemente ya no tiene espíritu. Esa es mi teoría: en el momento en que clínicamente se marca la muerte, se desprende el alma del cuerpo. ¿Cómo comprobarlo? La única forma es investigando distintos casos, planteando hipótesis y extrayendo teorías comprobadas para encontrar respuestas acertadas. Por tal motivo determiné que debía grabar a una persona en el momento de su muerte para estudiarla. Pero dónde encontrar a alguien que nos permitiera filmar cuando el dolor está en su punto máximo, sin incomodar y sin violar la intimidad en algo tan fuerte como la pérdida de un ser querido. Quién iba a permitir la investigación sabiendo que su tiempo de vida está por concluir. Decidí contactar a personas que estuvieran a punto de morir.

Hablé con gran cantidad de familias y, como era de esperarse, todas se negaron. Pero como el que busca encuentra, contacté a un individuo de nombre Miguel que se encontraba en fase terminal víctima del sida y le quedaba poco tiempo de vida. La familia se negaba, pero Miguel, con gran valor, dio autorización para que se grabara su muerte. Con la autorización firmada, preparé un plan de trabajo con mi equipo. Yuss tenía listas las cámaras con luz infrarroja, película especial para grabar a velocidades muy rápidas y estroboscopios de los que utilizan en las discotecas y que nos permitirían ver todo aparentemente a menor velocidad. Las cámaras fotográficas tendrían que hacer un registro de cuadro por cuadro, día y noche, hasta que Miguel falleciera clínicamente. ¡Tendría que haber un desprendimiento! Y mi equipo estaría listo para atestiguarlo. Sorteamos los turnos y me tocó el de noche. Al entrar a mi guardia me quedé platicando largas horas con Miguel y nos hicimos buenos amigos. Un día le pregunté cómo había contraído el virus del VIH. Dijo que por ignorante. Había tenido varias novias y mujeres de momento y no sabía quién lo había contagiado. El dolor físico que padecía era muy fuerte, y tener que aceptar la muerte, también. El miedo aumentaba, pero su mayor dolor eran los hijos. Tal enfermedad, en ese momento, era tema tabú en la comunidad y él y sus hijos sufrían discriminación. En cuanto sus vecinos se enteraron, trataron de sacarlo de su casa; no deseaban tenerlo cerca por temor al contagio. Era gente ignorante que no sabía de qué hablaba. La enfermedad era abordada en noticieros y otros programas, pero mal informando a la gente; fue creada una sicosis y muchos pensaban que se contagiarían con el simple hecho de tocar a un enfermo de VIH. Esto es absolutamente falso, pero la gente se comportaba así. "El grupo de padres de familia que dirigía la cooperativa escolar organizó una reunión con el resto de los padres —refirió Miguel—, dijeron que mis hijos podían contagiar al resto de los niños y corrieron a mis hijos de la escuela. En las tiendas no los quieren atender y gracias a mi irresponsabilidad estamos pasando una situación terrible. Yo me lo merezco, pero mis hijos no". Para colmo, sus hermanos y demás familiares ya no lo visitaban. "Por mis hijos, he luchado contra la enfermedad y la sociedad, pero cómo decir que yo no tengo la culpa".

Escuchándolo podía imaginar lo que estaba pasando, lo cruel que puede ser una enfermedad tan dura como el sida. Miguel empezó a llorar, dijo que se sentía muy solo. Su esposa lo culpó del contagio de ella y de sus hijos. Él deseaba platicar y empezó a contarme su historia.

"Yo era un muchacho normal. Iba a fiestas, era el clásico galán noviero. Cuando se hablaba de sida no lo tomaba en cuenta, no le daba importancia. No era posible que me pasara a mí. Al tiempo me enamoré, me casé y tuve dos niños. Trabajaba vendiendo ropa. Un día comencé a bajar de peso de manera exagerada, cosa que me extrañó. Además, me enfermaba muy seguido, sobre todo de gripa. Pensé que me hacían falta vitaminas y decidí ver al médico, quien me mandó hacerme análisis. Días después me presenté a recoger los resultados y dijeron que se los habían mandado directamente al doctor. Acudí a consulta esa tarde y el médico me pasó a un privado. Preguntó si alguien me acompañaba y dije que no. Le pedí me dijera sin rodeos qué tenía. Sida. Me explicó en detalle qué era esa enfermedad y de qué forma se transmite, cómo daña el organismo día a día y llega a la etapa terminal. Entonces yo moriría. Estaba pasmado, no podía entenderlo. Abrigaba muchas dudas y ninguna a la vez. No podía ser cierto, no podía estar pasándome a mí, era imposible. Salí del consultorio; antes, el doctor me dijo que mi esposa y mis hijos debían hacerse los mismos estudios. El piso se me cimbró, no sabía cómo decírselo a mi familia. Caminé sin rumbo, con la vida truncada, recordando mis días de galán. No sabía quién me había infectado, pero lo importante era hablar con mi esposa. Por un momento pensé que me entendería, me armé de valor y hablé con ella, pero echó a llorar y salió de la casa. Luego de unos días descubrimos que estaba infectada y los niños también. Al saberlo gritó, lloró, me insultó, golpeó los muebles. Estábamos desahuciados, no había alternativa, todos teníamos el virus. ¿Por qué? Los médicos jamás nos dijeron nada durante el embarazo ni después. ¿Por qué no se dieron cuenta? Mi esposa y yo discutimos acaloradamente. Ya cansados, tratamos de asimilarlo, no sabíamos qué hacer y no queríamos decírselo a nadie. Sin embargo, esta enfermedad deja muchos estragos y marcas casi imposibles de ocultar. Mis hijos ya habían escuchado el rumor y no querían creerlo. Hasta que mi esposa se los confirmó.

"Si acepté que grabaras el momento de mi muerte es para que mandes un mensaje a la juventud en mi nombre. Tengan mucho cuidado, la vida es muy valiosa. Cualquiera se puede infectar y las consecuencias las pagan personas que no hicieron nada malo y aún conservan la inocencia, como mis hijos. No me gustaría que otros vivieran el terrible dolor que estamos pasando".

La mañana del 15 septiembre de 1995 me avisaron que Miguel había muerto. Yuss estaba grabando y al ver a Miguel di gracias a Dios por su fallecimiento, pues el sufrimiento era excesivo. Los dolores de la enfermedad y su sentimiento de culpa eran muy grandes, necesitaba descansar. Al cabo de unas horas, Miguel fue trasladado a la capilla del panteón de San Isidro. La familia de Miguel, que tantos peros puso para la investigación, no se presentó al sepelio. Los únicos presentes éramos del equipo de investigación. Y pensar que muchas personas andan por ahí en calles y oficinas invitando a aventuras sexuales, sin saber que le están sonriendo a la muerte.

Tras grabar gran cantidad de rollos y disparar foto tras foto, pude fotografiar la separación de cuerpo y alma. Hasta ese momento tenía dos investigaciones importantes ligadas a la reencarnación: una a través de la hipnosis y la otra cuando el alma se separa del cuerpo. Tenía que redondear esa información para determinar un punto de partida y el final. ¿Cómo hacerlo? Muy buena pregunta. Todo lo que investigo se registra y se lleva una bitácora con hipótesis, objetivos y metas, con la finalidad de comprobar. Por tanto, todavía me faltaba mucho y debía seguir. Continué buscando casos que me ayudaran a concluir la investigación.

En la ciudad de San Luis Potosí, una mujer de nombre Isabel estaba casada con Federico. Se habían conocido en la primaria y su amor era tan grande como mala su situación económica, que empeoraba cada día. Cuando se casaron la iglesia estaba llena de parientes y amigos que pasaron luego un momento muy grato en casa de Isabel. Como la pareja no tenía dinero para viajar de luna de miel, decidió gastar lo poco que tenían en un puesto de juguetes y buscar la estabilidad económica. Durante dos años la pareja luchó muy fuerte y se hizo de dos puestos más. Cierta noche, Federico llegó a la casa y Isabel le tenía una cena muy especial. Desconcertado, preguntó cuál era el motivo y Isabel le pidió que se asomara a la recámara. Federico vio una cuna lista para recibir a su primer hijo. Todo parecía ir bien en el matrimonio.

Pasaron nueve meses de manera rápida y cuando se dieron cuenta Isabel empezó a sentir los dolores del parto, que se agudizaban. Esa noche, con la navidad, nació el bebé de la familia. Dos días después Isabel retornó a casa. Federico no sólo atendía los puestos de juguetes sino también las tareas pesadas del hogar. Pasaron cinco años entre felicidad y lucha por la vida. El pequeño crecía y esto le inyectaba fuerza a la pareja. Llegó un 5 de enero, víspera del día de los reyes magos, y marido y mujer tendrían que trabajar toda la noche. Antes de salir, decidieron adelantar al niño la pelota, regalo de los reyes magos. El pequeño se puso feliz con el juguete y dio las gracias a mamá y papá, quienes pensaron que no era mala idea llevarlo con ellos, al cabo podría dormir junto al puesto en caso de que se cansara.

Federico trabajaba en un puesto y Isabel atendía otro. Cerca de las nueve, sin que Isabel se diera cuenta, la pelota escapó de las manos del menor y rodó hacia la calle. El pequeño se lanzó tras ella justo cuando pasaba un camión. Se escuchó un terrible rechinar de llantas y los gritos de horror de quienes vieron cómo el pequeño era despedazado por el camión. Isabel buscó a su hijo sin imaginar que yacía bajo las llantas del vehículo. Al fin los compañeros le dieron la mala noticia y salió corriendo en busca de su pequeño. Nada pudo hacer. La muerte ya lo tenía en sus manos.

Llegaron luego la ambulancia y las autoridades. Un funcionario corrupto recibió dinero para disfrazar los hechos y evitar el pago de indemnización. Federico e Isabel recibieron un trato inhumano. Fueron culpados del accidente y encarcelados por descuido y no pudieron hallarse presentes ni durante la cremación del pequeño. La pareja permaneció ocho meses en prisión. Acabó la cárcel, pero no el dolor, tampoco la lucha por saber dónde estaba su hijo. Al cumplirse un año de la muerte del niño, alguien tocó a su puerta. Abrió Isabel y vio a un señor de traje acompañado por otros dos que llevaban la pequeña urna que contenía los restos de su hijo. Ella inmediatamente soltó el llanto y abrazó la urna. Preguntó por qué había pasado tanto tiempo, por qué no le querían dar a su hijo; preguntó también por qué los acusaron, si el culpable era el chofer del camión. El hombre del traje les dijo que como eran pobres y nadie les haría caso, los dueños de la empresa que trasladaba sus productos en ese camión lograron evadir cualquier responsabilidad, para evitarse los perjuicios económicos que el accidente podría acarrearles. Finalmente les dio el pésame, pidió que no dijeran nada de lo que les había comunicado y se fue. Quedaron solos y ella lloraba y besaba la urna de su hijo. Él la veía desconsolado. Lo habían recuperado, pero de nada les servía sin vida. Él trató de abrazar la urna y ella no lo dejó. Era una situación difícil, y ahora que estaban en libertad y juntos surgieron muchos problemas entre ellos. A Isabel le costaba mucho trabajo superar la tragedia, se negaba a aceptarla. En ocasiones entraba al cuarto del niño y platicaba como si él estuviera en su camita; a veces le preparaba de comer o abrazaba su ropa. Todo el día lloraba. Cuando su marido intentaba hacerla reaccionar, ella gritaba desesperada. Necesitaba a su bebé y no lograba entender por qué había pasado aquello. Llegaron a pensar que Dios los había castigado, pero no imaginaban un posible motivo. Por otra parte, ella lo culpaba a él, argumentando que por querer tener dos puestos esa noche ella no había podido cuidar a su hijo. O bien, ambos se mostraban arrepentidos de haber dado la pelota al niño. Se hallaban, sin embargo, en una realidad de la que no podían escapar. Él trató de llevarla con un sicólogo, pero ella no aceptó y su dolor se acrecentó. Además, querían justicia, deseaban que el culpable pagara por haber matado a su hijo y para conseguirlo no había más camino que la vía legal. Así, pasaron muchos días frente a autoridades que hacían caso omiso de sus reclamaciones. Un día, al salir del ministerio público se encontraron con dos periodistas que buscaban una nota para su noticiero. Los reporteros pidieron a la pareja una entrevista y ellos aceptaron, a condición de que fuera en su casa, porque Isabel deseaba estar cerca de su hijo. Subieron a la camioneta del canal y Federico indicó el lugar donde vivían. Llegaron, colocaron las cámaras y comenzó la entrevista con el marido. Él no quiso dar detalles del accidente, pero comentó que tras la muerte de su hijo alguien les apagaba las luces y les hacía las travesuras que acostumbraba hacer el pequeño. Para ellos, su hijo seguía ahí. Los periodistas terminaron la entrevista y pidieron a su esposa que les ofreciera un comentario. En realidad, querían saber del trato que les habían dado las autoridades y la empresa a la cual pertenecía el camión. Necesitaban obtener su nota y ese caso les pareció interesante. Ella se mostró renuente, pues le costaba mucho trabajo hablar de la trágica y dolorosa situación. Finalmente la convencieron e iniciaron la entrevista. Isabel describió a la perfección su amargo dolor de madre, recordando las travesuras de su hijo, lo mucho que lo mimaba. Conforme se acercaba al momento de su muerte, comenzaron a rodarle las lágrimas. Refirió luego la forma en que lo habían matado. Federico lloraba y no podía pronunciar palabra. El dolor era muy grande. Al fin ambos se soltaron llorando y los reporteros decidieron suspender la entrevista.

Al llegar a la televisora decidieron olvidar la entrevista, pues no era lo que esperaban. Los padres estaban muy lastimados y no tenía caso tocar el tema en el noticiero. Los días pasaron y pronto se olvidaron de la pareja y del niño. De repente en la televisora de San Luis Potosí, que siempre trabajaba en absoluta calma, se notó un cambio en la atmósfera, sobre todo por las noches. Les apagaban y encendían luces, les movían los ventiladores. Por lo que pasaba, era como si el fantasma de un niño merodease por el lugar. Hasta ese momento los fenómenos eran leves, pero un día uno de los técnicos entró al estudio y antes de encender la luz vio en la consola de grabación un globo que desapareció sin explicación. La impresión del hombre fue mayúscula, sobre todo porque comenzó a sentir un escalofrío que le recorrió todo el cuerpo. Ese tipo de acontecimientos fue en aumento, el fantasma del niño aparecía cada vez con mayor frecuencia y trataba de llamar la atención. En otra ocasión, uno de los productores salía de la televisora muy tarde y cuando iba a entrar al pasillo que conduce a la salida vio una sombra borrosa, grisácea, caminando por el pasillo. De pronto la sombra desapareció y se escucharon risas. El productor se asustó mucho y salió corriendo. Al día siguiente, con cierto temor a la burla, lo refirió a sus compañeros de trabajo y supo que no era el único que había visto al pequeño fantasma; de una u otra forma todos lo habían visto o escuchado. Otro día, uno de los camarógrafos estaba en el foro colocando la cámara en el tripié cuando escuchó con claridad cómo alguien golpeaba el vidrio de la cabina. Alzó la cara y vio que la cabina estaba completamente a oscuras. Decidió ver quién se hallaba allí y se dio cuenta de que no había nadie. Regresó a su puesto y volvieron a golpear. Se espantó tanto que salió corriendo. En toda la televisora se hablaba del fantasma del niño.

Casualmente fui a San Luis Potosí a dar una conferencia y me invitaron a la televisora para un programa especial que habían organizado aprovechando mi presencia. Es normal que me hagan comentarios relacionados con fantasmas y una de las primeras cosas de que me hablaron fue del fantasma del niño que hacía travesuras y espantaba a muchos. El caso me pareció interesante y decidí comenzar la investigación. Yuss tomó algunos testimonios de los empleados mientras yo averiguaba por qué ese pequeño se había arraigado en el lugar. Indagué qué había en el terreno antes de que construyeran el canal televisivo. No encontré respuesta, no se había registrado ningún fallecimiento trágico en el lugar y nadie tenía idea de lo que pasaba. Luego de varios días, salió a relucir la entrevista con la señora que había perdido a su pequeño hijo. Pregunté si conservaban la entrevista, la buscaron y dieron con ella. El director de operaciones del canal me llevó a una salita donde había un monitor, puso la cinta y comencé a estudiarla. Para mí no resultaba raro que un ente se trasladara de un lugar a otro y en este caso posiblemente se trataba del mismo. Tendría que comprobarlo y escuché la cinta una y otra vez, pues allí debía encontrarse la respuesta. De repente, cuando la madre soltaba el llanto, me pareció escuchar algo extraño. Regresé la cinta y escuché una parte algo sucia. Como investigador veterano que soy, sabía que no era suciedad de la cinta, así que tomé esa parte del audio y la analicé. Aumenté el audio general y bajé el audio de la madre. Todos quedamos sin aliento al escuchar cómo Isabel describía el momento en que su pequeño era atropellado por un camión. Detrás, una voz infantil llena de dolor, sollozante, dijo con gran ternura:

—Me dolió, mamá.

A todos se nos rompió el corazón. Estábamos pasmados. Me di cuenta, definitivamente, de que el niño que se veía en la televisora era el mismo atropellado por el camión y por el cual su mamá lloraba. Decidí buscar a la mamá para decirle lo que estaba pasando y ver si deseaba ayudarnos a fin de que su hijo descansara en paz. Fuimos a buscarla a la casa donde se había celebrado la entrevista y nos dijeron que se había cambiado. Alguien comentó que emocionalmente no lo había podido superar y siempre llevaba las cenizas de su bebé entre los brazos. Esto me partió el corazón, necesitaba dar con ella para ayudarla a ella y a su hijo, pero fue inútil. Perder un ser querido es muy difícil y doloroso, pero perder un hijo en el cual has puesto todas tus esperanzas, no volver a ver su sonrisa y sus travesuras, es aún más terrible. A esta señora le había afectado mucho el fallecimiento de su hijo y no se separaba de sus cenizas, como si así pudiera verlo vivo. Me dijeron que de repente la escuchaban cantando alguna canción de cuna a su pequeñito. Es increíble cómo la imprudencia y los accidentes pueden dejar daños irreversibles y cómo esto puede cambiarte la vida. A mí sólo me resta decirles que cuiden a sus hijos y cada día les demuestren amor y cariño, porque no sabemos cuánto tiempo van a estar con nosotros.

¿El pequeño? Descanse en paz.

Orizaba

Uno de los lugares que me gusta visitar en Veracruz es
Orizaba, quizá por la gran cantidad de leyendas e historias que se cuentan de esa ciudad. En el cementerio
puede verse una piedra enorme con dibujos que bien pudieran ser de viajeros en el tiempo; se dice que está ahí
desde hace muchos años. También hay una tumba en la
que llegan a ejecutar brujería y misas ocultas. En las
distintas investigaciones que he realizado en cementerios, esto es muy común. En Orizaba se puede visitar
también la tumba del abuelito de Gabilondo Soler, Cri
Cri, presente en la famosa canción del ropero, en la fra-
se que dice: *mi abuelito el coronel*. Otra tumba interesante es de una niña que se dice sale del sepulcro para
caminar entre las tumbas y buscar a sus padres. Los vigilantes aseguran que la han visto deambulando en los
senderos y llorando; afirman que es frecuente verla. Con
todo, dos de las leyendas más populares de Orizaba
son "la casa que se regala" y "el convento embrujado".

Dice la leyenda que son tan fuertes los signos paranormales que se viven en cierta casa, que nadie desea
habitarla. Cuanta gente ha querido pasar una noche en
ella, no lo logra, y afirma la conseja popular que la persona que consiga pasar una noche en la casa y allí ama-
nezca, podrá quedarse con la propiedad. Se cuenta que
todas las personas que trataron de apoderarse de la casa
acabaron en el manicomio. Dicen que es tan fuerte lo

que se vive dentro, que no logran superarlo. Por tanto, decidí investigar el lugar y descubrir la verdad.

La casa se encontraba cerrada con un candado nuevo y esto me señaló que alguien había estado en ella recientemente. No estaba, pues, tan abandonada y alguien debía hallarse a cargo del sitio. Pregunté a los vecinos y comerciantes de los alrededores y todos tenían diferentes versiones del lugar y no sabían si existía un encargado. Era una casa a la que nadie entraba y muy de vez en cuando llegaba una persona a verificar que el candado estuviera en buenas condiciones. Hallándonos frente a la residencia, muchas personas se dieron cuenta de que buscábamos información y comenzaron a reunirse. En eso pasó una patrulla y se detuvo a preguntarme qué hacíamos allí. Le expresé mi deseo de investigar la casa, para lo cual era necesario obtener autorización de los dueños o el encargado. Me dijeron que me pondrían en contacto con las personas indicadas, pero antes debían hablar con ellas. Por lo pronto, decidí ir al manicomio y averiguar si era cierto que más de la mitad de los internos eran de los que habían intentado quedarse con la casa. Pedí hablar con el director, quien se mostró renuente. Sin embargo me dijo que algo había de cierto y era todo lo que podía revelar. No quiso que lo grabáramos y agradecí su cooperación.

Saliendo del nosocomio, por teléfono me informaron que los dueños de la casa habían aceptado hablar conmigo. Hice cita con el marido de la dueña, quien me informó que la casa no se regalaba y mucho menos a quien pasara una noche en ella, y agregó que, efectivamente, los vecinos aseguraban que allí espantaban. Su esposa no había querido habitarla y él pensaba que tal vez porque le traía malos recuerdos. Ella, en cambio, aseguraba que cuando era niña y vivía ahí con sus padres, espantaban. El hombre me sugirió que me pusiera en contacto con el cronista de la ciudad, quien podría aportar información sobre los hechos paranormales que ocurrían en la casa. El marido dijo que ellos tenían mucho tiempo de no visitar la construcción, que estaba en ruinas y podía ofrecer peligros. Habían pensado tirarla para construir departamentos, pero eso sería muy caro. Me dio todas las facilidades para investigar y despejar dudas en torno a la famosa casa que se regalaba.

Esa misma tarde fui a ver al cronista de la ciudad, quien me confirmó lo que se decía de cosas extrañas que se vivían en la casa. En alguna ocasión había escuchado el comentario de un viejo alcohólico que intentó dormir allí y despertó fuera de la propiedad. Todo mundo conocía el lugar y le temía. Unos decían escuchar voces que salían del interior; otros, los curiosos, contaban que al asomarse por un orificio del portón habían visto una mujer sin pies. Tenía yo suficiente información y debía preparar la investigación para descubrir la verdad de los hechos.

Retorné a la Ciudad de México para organizar la expedición. Sería una investigación pesada. Debíamos llevar tiendas de campaña, pues la casa no tenía techo y algunos pisos de la planta alta estaban muy dañados. Avisé a las autoridades de Orizaba para que tomaran medidas precautorias y mi investigación fue anunciada. Una mañana mandé al equipo de avanzada, que se encargaría de instalar el campamento con los monitores y marcar las zonas de riesgo. Entrada la noche llegué en una camioneta con Yuss y el resto de los muchachos. Entré a la casa para ver que todo estuviera bien. Yuss inspeccionó el campamento y supervisó la colocación del circuito cerrado y de las cámaras que tratarían de capturar algo que nos ayudara en la averiguación. Hasta ese momento, todo estaba en calma. Para la investigación llevé cámaras de visión nocturna, sensores de movimiento que colocamos en puntos estratégicos, monitores conectados a luz infrarroja, computadoras para el análisis de sonidos capturados —buscábamos sicofonías: voces del más allá— y antenas de campo electromagnético.

La casa está en una pequeña calle, rodeada de comercios, y en su interior sólo hay muros. Los muros resultan peligrosos debido a que no han recibido mantenimiento y pueden caer en cualquier momento. Una vieja escalera conduce a la planta alta, a la cual habría que subir para colocar equipos y revisar. Una vez dentro del lugar, examinamos cada rincón, buscando cualquier cosa que pudiera dar una respuesta lógica o paranormal a lo que allí ocurría. Era posible que hubiese tesoros enterrados, pues la gente no guardaba su dinero en los bancos, que eran inseguros en épocas como las revolucionarias; necesitábamos determinarlo, ya que al paso de los años ciertos metales pueden despedir gases alucinógenos que llegan a ser mortales. Recorrí el lugar con un detector de metales buscando también los castillos o estructuras de metal de la casa, así como tuberías viejas que pudieran ofrecer respuestas lógicas a ruidos y otros fenómenos. Antes de decidir que hay un fantasma, debo descartar todo elemento lógico y después ir a lo ilógico.

Entrada la madrugada todo parecía normal. De repente se activó un sensor que estaba registrando actividad paranormal. Alerté a mi equipo y los muchachos se dirigieron, cámara en mano, al lugar señalado. El que encabezaba al grupo tropezó y cayó de espaldas junto a un muro de concreto; dijo que había sentido como si una corriente de aire muy fuerte lo golpeara. Era increíble, pues Juan es alto y corpulento y debe tenerse gran fuerza para derribarlo. En el video se aprecia claramente cómo recibe un golpe y cae, con la nuca a milímetros de uno de los pilares de la casa; esta pequeña distancia lo salvó de encontrar la muerte. El ambiente se tornaba denso, más porque había ocurrido una agresión física.

¿A qué se debía? Eso me dijo que la existencia de eventos paranormales era cierta. Reuní a mis investigadores y les pedí que tuvieran cuidado. El lugar era agresivo y debíamos ser precavidos. Algunos curiosos se dieron cuenta de que habíamos entrado a la casa, pero permanecían en silencio fuera de la casa, para no dañar la atmósfera de la investigación. En algún momento llegó un amigo del programa "Otro rollo", Mauricio Castillo, que había tenido experiencias paranormales muy fuertes en su departamento y decía haber visto un niño fantasma. Tenía la inquietud de vivir una experiencia parecida y entenderla, y me acompañaría en la investigación. Le expliqué cuál era la mecánica, sobre todo por la agresión sufrida minutos antes; debía tener mucha precaución, no andar solo y estar siempre comunicado con la base.

Continuamos midiendo el nivel de los campos electromagnéticos, para lo cual utilicé una antena de medición con una pantalla que mostraba el nivel de campo y registraba cada detalle del lugar. Recorrí toda la casa con algunos resultados, pero la sorpresa nos la llevamos cuando, frente a un muro, la antena marcó electromagnetismo muy alto. Mauricio tomó la antena con una mano mientras con la otra tocaba el muro. La pantalla mostró casi 40 puntos y en cuanto despegó la mano la antena marcó cero. Pasé el detector de metales para ver si había algo que generara la medición y no se registró nada. Mandé traer mi oído biónico, un artefacto capaz de escuchar los ruidos más lejanos, imperceptibles a oído simple; se podían escuchar, por ejemplo, los ladridos de perros que se hallaban a 10 cuadras. Transcurrió el tiempo y de pronto, frente a la parte con electromagnetismo, el aparato registró algo que parecía estática. Al analizarlo en la computadora pude aclarar lo que se escuchaba. Era una sicofonía, una voz masculina, macabra y susurrante, que decía:

"déjame entrar en ti".

Mauricio no podía creer lo que escuchaba. Transcurrida la noche, Mauricio y yo nos pusimos a experimentar con la ouija. Comencé a hacerle preguntas. "¿Quién eres?" Y la ouija contestó: "estoy muerto. ¿Dónde están mis hijos, Trejo?"

En el video puede apreciarse claramente cómo, estando levantados los dedos del triángulo que dirige las respuestas de la tabla, el triángulo se mueve. Elaboramos muchas preguntas, pero ya no hubo respuestas, así que decidimos dejar la comunicación con la tabla. En el curso de la noche la propietaria se presentó. Deseaba saber qué pasaba, si habíamos registrado algo. Estaba maravillada. Conversamos y sus ojos se ponían rojos al recordar su infancia, que vivió en ese lugar. La casa había sido construida por su padre en los años cuarenta y según ella se registraban eventos fantasmales.

—Han pasado más de 20 años —dijo emocionada— y por primera vez en tanto tiempo vuelvo a este lugar.

Veía lo que fue su recámara y recordaba numerosos detalles. Casi al término de la investigación, Mauricio Castillo dijo:

—Estoy convencido de que hay cosas que no podemos explicar. Lo que nos sucedió en la casa de Orizaba es algo para lo que no podemos encontrar una explicación tangible o científica. Estoy convencido de que esas cosas son posibles y existen. El audio de esa voz es real. Lo que ocurrió con la antena de campo electromagnético es algo que no puedo decir que sea un cuento, es verdadero. Lo hice una cantidad de veces y dije: "si esto desaparece, es que algo está pasando que tiene explicación". Pero nada, estuvimos todo el tiempo, varias horas, y volvía a colocar la mano y la medición ahí estaba. Además era una medición alta con la antena electromagnética. La acercabas al monitor y el monitor generaba señales electromagnéticas. Llegaba a 10 o 15 con un monitor de televisión; el cuerpo humano registraba 1 o 2 puntos si la acercabas a alguien; pero con la pared llegó a 35 o 40, una medida que nos pareció notable.

Mauricio se retiró porque al día siguiente debía viajar, pues estaba de gira con una obra de teatro. Se despidió maravillado con lo que había vivido. Nosotros continuamos la investigación el resto de la noche. Había obtenido lo que deseaba. Sí, se daban fenómenos paranormales; el siguiente paso era saber de quién o de quiénes se trataba y por qué se encontraban ahí. No sabía si estaba hablando de un ente o de varios. Los vecinos decían haber visto una mujer, sin embargo en la sicofonía se registró la voz de un hombre. Dejé la casa al día siguiente, pero no la investigación. Pude saber que antes de la casa había allí un teatro que se incendió y murieron más de 300 personas. Al ver los planos me di cuenta de que el lugar en que se registraba el electromagnetismo y del cual surgió la voz, era el sitio en el cual se originó el incendio. No es raro, entonces, que existan fantasmas en el lugar y se vea a hombres o mujeres. Además, los cimientos del teatro aún se conservan debajo de la casa de Orizaba. La investigación estaba terminada. Podrán circular muchas otras historias sobre esta residencia, pero la verdad se encuentra en los archivos y en la investigación que realicé. La casa sigue abandonada y la leyenda continúa.

Otro dato importantes es que la casa se encuentra cerca de tres iglesias. Se dice que en Orizaba hay túneles que conectan los templos y tienen más de 300 años. El triángulo que forman los templos deja la casona en medio, y como ya estaba en el lugar no quise pasar por alto el dato y decidí visitar los templos. Los dos primeros son en verdad hermosos; el tercero se encuentra a espaldas de un monasterio totalmente abandonado. Algo pasó aquí que me dejó intrigado. Había caído la noche cuando pasamos por el lugar abandonado y pude ver tras la reja una persona con vestimenta de fraile que al parecer barría el patio. Llegamos luego a la tercera iglesia a platicar con el párroco, quien me preguntó cómo nos había ido en la casona. Le dije que bien y él sugirió que me diera tiempo para investigar el convento abandonado, donde decían que se podía ver un fraile barriendo el patio. Mis investigadores se volvieron a verme y dijeron a un tiempo:

—A trabajar, muchachos, nos quedamos en Orizaba.

Yo había visto al fraile barriendo y nada lo podía cambiar. Esa noche preparé la investigación y fui a despertar a las autoridades correspondientes para que me permitieran entrar al convento. No pusieron obstáculo; al contrario, siendo la hora que era, fueron abrir el candado. Entré a eso de las dos de la mañana. El lugar era inmenso y estaba totalmente abandonado. El patio donde había visto al fraile era una ruina y la maleza estaba muy crecida. Era imposible que alguien hubiera estado allí, pero estaba seguro de lo que había visto. En ese momento llegó la camioneta con el equipo que instalaríamos en el convento. El lugar era tres veces más grande que la casa y más peligroso, pues las paredes eran muy viejas y estaban cayéndose; sostenían los techos unos maderos largos y anchos que impedían que se nos vinieran encima. Era refugio de animales de los que debíamos cuidarnos, sobre todo de los murciélagos, pues aspirar el olor de sus heces largo tiempo puede ocasionar problemas de salud.

Bajamos el equipo que estaba en el remolque y conectamos todo. Mientras lo instalaban quise familiarizarme con el lugar. Tenía tres pisos, más de cien habitaciones y tres patios. La noche ofrecía una excelente atmósfera y el equipo de avanzada y yo recorrimos el convento. Nos hallábamos en completa oscuridad y había un gran silencio. Los pisos estaban extremadamente sucios, llenos de excremento (supongo que de distintos animales) y de pequeñas ramas y hojarasca desprendida de los árboles. Grandes tablones, como ya he dicho, sostenían el techo cuarteado por el tiempo. Había que subir con cuidado, los escalones no aguantaban y debíamos caminar orillándonos, pegados a la pared, para evitar un accidente grave. En el primer piso uno de los cuartos parecía una capilla y pude ver un Cristo pintado en la pared. A un costado, los accesos habían sido sellados con tabiques que mandé quitar. Mi instinto me decía que algo había detrás. Y, efectivamente, encontré cuartos ocultos y restos de lo que pudo ser un rosario y una Biblia. Llegamos a donde estaban los murciélagos, que se veían enormes, y señalamos esa área para evitar que los muchachos accidentalmente se encontraran con ellos. Recorrimos los tres pisos y al bajar descubrí una cavidad entre la construcción y la maleza. Mandé que dos investigadores entraran y me dijeran que había. Era un túnel que conducía a la calle y por el otro lado al interior del convento. Reuní a los investigadores en el patio, los organicé por grupos y les pedí que mantuvieran la comunicación por radio. Nadie debía separarse y debían caminar con gran cuidado en el interior del convento. Colocamos el campamento en el pasillo de entrada y tratamos de monitorear al máximo el lugar. Esa noche no logramos nada y tuvieron que pasar dos días para que de nuevo viésemos al fraile. Una de las cámaras, dirigida al Cristo pintado en la pared, registró algo. Observamos cómo una sotana se arrodillaba frente al Cristo y parecía rezar. Inmediatamente retiré a los investigadores que estaban en el lugar y subí con cuidado para ubicarme cerca del fenómeno que vigilaban mis muchachos. Por el radio me indicaron que no se había desplazado y me urgieron a llegar lo antes posible. Me resultaba difícil por las condiciones en que se hallaba el edificio. Debía caminar entre las vigas, cuidando de no tirarlas accidentalmente. Las lecturas que se registraban y las mediciones del fenómeno eran altas y totalmente diferentes a las de la casona. No quise correr riesgos y le pedí a Yusset que entrara por el otro lado del inmueble para que cubriéramos todos los ángulos y pudiésemos ver por dónde escapaba el fenómeno. Al llegar al pasillo que daba al cuarto donde el fraile se encontraba, yo estaba de un lado con Antonio, y Yusset del otro lado con Manuel. Quedamos en que a la cuenta de tres entraríamos todos con visión nocturna. Yuss llevaba una cámara en la mano y seríamos guiados por los monitores que recibían la señal del circuito cerrado. Entré con Antonio antes que Yuss y pude ver un bulto negro que se encontraba arrodillado como si rezara ante el Cristo. Cuando lo tuve lo suficientemente cerca, le hablé y pareció escucharme. No se levantó y no pude distinguirle cara o manos, pero se dio la vuelta y corrió hacia donde estaba Yusset, a quien informé por radio que el ente iba hacia ella, que tuviera mucho cuidado. Llegué a donde estaba Yusset y ella se hallaba sorprendida. Dijo que lo había podido ver perfectamente y me hizo una clara descripción de él. Refirió que estaba con Manuel y otro de los investigadores y de pronto vieron una sombra que entraba a una de las habitaciones. Los tres pudieron verla con claridad. Inmediatamente corrieron tras ella y al entrar a la habitación Manuel se dio cuenta de que no había piso. Se detuvo y logró sostener a Gerardo para evitar que cayera al vacío. Yuss captó todo con su cámara de visión nocturna y le dijo a los muchachos que revisaran el lugar, cosa que hicieron y no encontraron nada. Estaban un tanto alterados, sobre todo porque estuvimos a punto de perder a uno de los investigadores, que afortunadamente estaba bien, sólo un poco adolorido del brazo, donde lo tomó Manuel. Coincidieron todos en que habían visto lo mismo. Un hombre vestido de negro y gris, con la cabeza inclinada, que entraba a una de las habitaciones. Pasó a centímetros de Gerardo y él estiró el brazo para alcanzarlo, sin embargo no tocó nada. Luego vino lo demás.

Nos fuimos al campamento donde teníamos los monitores para revisar la cinta de Yuss. Ella estaba algo alterada, así que la abracé y vimos juntos el video. Vimos cómo los investigadores corrían hacia la habitación donde Gerardo estuvo a punto de caer, y lo más importante es que se veía una sombra saliendo de un cuarto, cruzando el pequeño pasillo y entrando a otra habitación. Repetimos el video en cámara lenta y vimos claramente cómo el ente avanza con la cabeza inclinada, ataviado con una túnica entre negra y gris, casi transparente. En el momento en que Gerardo estira el brazo, parece que lo toca, pero su mano lo atraviesa. En ese momento escuchamos gritos. Eran los investigadores que aún estaban en el interior. Inmediatamente salimos corriendo para ver qué ocurría. Cuando llegamos al patio ellos salían cubriéndose la cabeza. Las vigas del ala sur que sostenían los techos se habían colapsado y cayeron algunos pedazos de la construcción. Afortunadamente todos salieron ilesos.

El lugar ya no tenía las condiciones mínimas de seguridad y decidí que ya nadie entrara. Desde el campamento terminamos de monitorear con las escasas cámaras que nos quedaron, pues las demás las perdimos en el derrumbe. La mañana siguiente, a la luz del día, revisamos el lugar. Traté de llegar al sitio donde se había dado la manifestación, la zona donde estaba el Cristo, y comprobé que el cuarto al que había entrado la sombra se hallaba completamente en ruinas. Algo debía de haber allí para que el fenómeno se hubiera impregnado, así que decidí excavar en esa área. Si había algo, tenía que encontrarlo. Necesitaba alguna explicación del motivo por el cual el ente salía de ese punto. Empezamos a romper y quitar parte del muro y asomó un pedazo de tela en lo profundo del hueco. Luego de quitar otros fragmentos del muro, descubrí por qué salía de allí el ente. Un fraile se encontraba emparedado. Posiblemente lo habían sepultado en vida en esa pared, como antes se acostumbraba hacerlo. Era terrible. Atados de brazos y piernas los colocaban en un hueco en una pared y rellenaban con cemento. Aunque estuviesen vivos no podían moverse y acababan muriendo. Poco después llamé a las autoridades del lugar para que se hicieran cargo y se presentaron inmediatamente a sacar el cuerpo. Nos pidieron discreción, pues esto podría escandalizar a la comunidad, ya que se trataba de un convento que duró años abandonado y era por entonces patrimonio de la nación. Accedí a la petición, agradecí las atenciones prestadas y nos retiramos. Sin duda, la razón de que el fraile se apareciera en el convento era que estaba impregnado en las paredes, y de la peor forma. Tras retirar el cuerpo del lugar y darle sepultura, el fenómeno paranormal debía terminar. Tal vez el fraile, dejándose ver, pedía que lo ayudaran a descansar en paz. No lo sé, pero si en algo logramos ayudarlo, eso me basta. Se dice que nadie ha vuelto a ver al fraile y por mi parte logré observar el fenómeno paranormal que se estaba dando y hallarle explicación. El ente se hallaba esperando que alguien rescatara su cuerpo del sitio donde lo habían castigado enterrándolo posiblemente vivo. Los motivos nunca los sabremos, pero el viaje a Orizaba fue verdaderamente increíble. Estas investigaciones las dedico a la gente maravillosa que vive en tan apasionante lugar.

Fachada de "la casa que se regala".

"El convento embrujado" de Orizaba.

Se inicia la investigación.

Carlos con el detector de fantasmas.

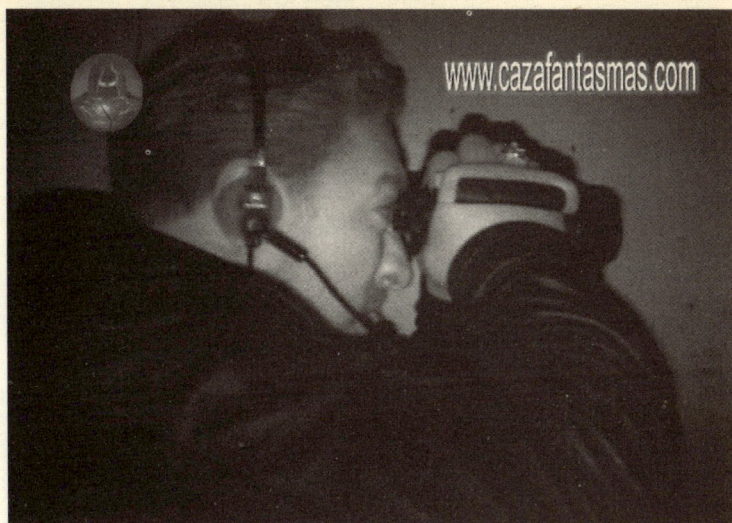

Los instrumentos de visión nocturna son indispensables
para la investigación.

Carlos señala la presencia de un fantasma. Aunque a simple vista él
no lo reconoce, el equipo revela su silueta (abajo a la derecha).

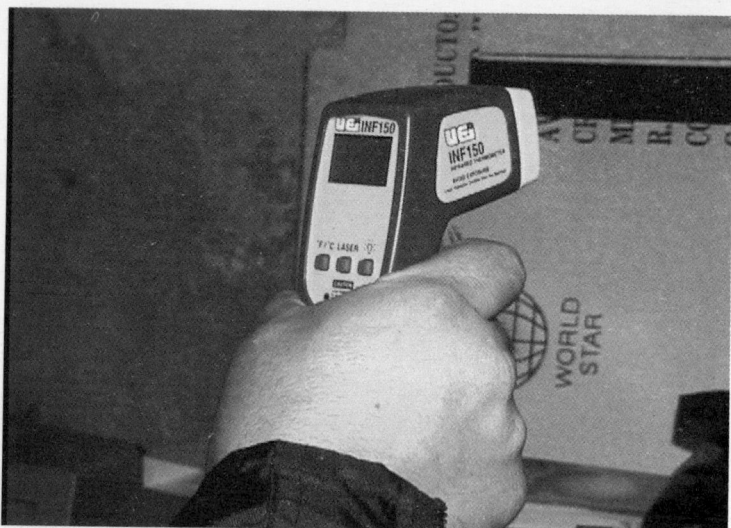

El termómetro registra variaciones en la temperatura de la casa.

La estructura del inmueble no es segura.

Los monitores registran el más leve movimiento.

En el interior de "la casa que se regala".

Mauricio Castillo detecta voces que emanan de la pared.

La ouija es un vehículo de comunicación con los fantasmas.

La antena del rastreador de fantasmas detecta una presencia.

Carlos y Mauricio analizan la sicofonía.

La Torre embrujada de Londres

Uno de los lugares que muestra gran orgullo por sus fantasmas es Londres. Dicen aquí que tienen el lugar más embrujado del mundo y es el castillo que alberga la Torre Sangrienta, mudo testigo de crueles aconteci- mientos que marcaron ese lugar tan bello. La historia de una mujer fantasma de nombre Ana Bolena, asesina- da por su esposo el rey Enrique VIII, es el amargo pun- to de partida de nuestra historia en las paredes teñidas de sangre de aquel lugar.

Enrique VIII (Greenwich, 28 de junio de 1491 – Westminster, 1547) fue rey de Inglaterra. Perteneció a la dinastía Tudor. Sucedió a su padre, Enrique VII, en 1509. Se le consideraba un príncipe culto e inteligente y empleó su brillantez contra la reforma protestante, mostrándose enérgico "defensor de la fe católica" (título que le dio el papa León X por el tratado de los siete sa- cramentos que escribió en 1521). Esta situación cam- bió a raíz de un conflicto desatado con la iglesia por un problema sucesorio: el matrimonio del rey Enrique VIII con la viuda de su hermano. En aquella época lo único que importaba era el poder, y si para obtenerlo había que casarse, lo hacían. La primera esposa de Enrique VIII, antes su cuñada, Catalina de Aragón, no le dio herede- ros varones y Enrique pidió al papa la anulación del matrimonio, con el pretexto del parentesco previo en- tre los cónyuges; en esa época el papa era prisionero de Carlos V y además era sobrino de Catalina, así que negó la anulación. Enrique se llenó de ira. Nunca había querido a Catalina y lo único que deseaba era un heredero que lo sucediera. Eufórico, decidió romper con Roma, aconsejado por Thomas Cranmer y Thomas Cromwell. Recabó en diversas universidades europeas dictámenes favorables a su divorcio y, para hacerse reconocer jefe de la iglesia de Inglaterra (1531), aprovechó el descontento reinante entre el clero secular inglés por las excesivas cargas fiscales que imponía el papado y por la acumulación de riquezas en manos de las órdenes religiosas. En 1533 hizo que Cranmer (a quien había nombrado arzobispo de Canterbury) anulara su primer matrimonio y coronara reina a su amante, una dama de honor de su esposa Catalina. Aun estando casado, en secreto contrajo nupcias con su amante Ana Bolena. El papa Clemente VII enfureció y respondió con la excomunión del rey. Enrique se opuso a tal reacción y aprovechó esto para lograr la separación de la iglesia de Inglaterra, aprobada por el parlamento (ley de supremacía, 1534). La iglesia de Inglaterra quedó desligada de obediencia a Roma y convertida en una iglesia nacional independiente cuya cabeza era el propio rey, lo cual permitió a la corona expropiar y vender el patrimonio de los monasterios; los católicos ingleses que permanecieron fieles a Roma fueron perseguidos como traidores (y en 1535 fue ejecutado su principal exponente, Tomás Moro). Sin embargo, Enrique VIII no permitió que se pusieran en entredicho los dogmas fundamentales del catolicismo.

El segundo matrimonio del rey también acabó de forma trágica, pues Enrique se deshizo de Ana Bolena haciéndola ejecutar acusada de adulterio, para casarse con una tercera mujer, Juana Seymour (1536). Fallecida ésta de parto, al año siguiente el rey se casó con Ana de Cleves, a fin de fortalecer la alianza de Inglaterra con los protestantes alemanes (1540). La repudió antes de un año para tomar por quinta esposa a Catalina Howard, a la que mandó ejecutar en 1542. Su sexta mujer fue, desde 1543, Catalina Parr, que habría de sobrevivirle. Al morir Enrique VIII le sucedió en el trono su único hijo varón, Eduardo VI (nacido del matrimonio con Juana Seymour), que contaba con sólo nueve años; muerto Eduardo en 1553, se abrió un periodo de reacción católica bajo el reinado de María I, hija mayor de Enrique VIII (nacida de su matrimonio con Catalina de Aragón, su primera esposa). Al morir María en 1558, ocupó el trono otra hija de Enrique VIII, Isabel I (nacida del matrimonio con Ana Bolena).

El reinado de Enrique VIII se caracterizó por el fortalecimiento de la autoridad real, al someter por entero a la iglesia; esto no impidió la consolidación del parlamento, a la vez como instrumento de la política del rey y como órgano representativo del reino. Inglaterra aumentó su protagonismo en Europa apoyado por el crecimiento de su marina de guerra y por una política exterior dominada por la búsqueda del equilibrio entre las potencias continentales: primero luchó contra Francia aliándose con Carlos V, y cuando le pareció que éste alcanzaba un poderío excesivo, se alió contra él con Francisco I (1525). Otro capítulo importante fueron sus campañas victoriosas contra Escocia en 1512-1513 y en 1542-1545, que no fueron suficientes para unificar a Gran Bretaña.

Es interesante estudiar la vida de aquella época. Aun siendo paranormal la investigación que realizo, es importantes conocerla porque estamos hablando de un país que se halla a gran distancia de México. Es otra cultura, son otras costumbres y posiblemente se presenten reacciones distintas de un fenómeno. Antes de entrar de lleno al caso de la torre que sirvió de prisión y sitio de ejecuciones, es importante saber quién fue Ana Bolena, la plebeya que consiguió que el rey matara a su esposa para quedarse con ella. Ana finalmente fue ejecutada como otras esposas de Enrique VIII, que se dice se manifiestan en el castillo. Aún no sabía yo si lograría captar a alguna.

Ana Bolena nació en 1505 y vivió la primera etapa de su vida en la corte francesa, como dama de compañía. A su regreso a Inglaterra se enamoró de un joven de nombre Henry Percy. Él le formuló promesa matrimonial, pero el cardenal Wolsey les prohibió casarse, ya que Ana no era noble. Ella guardó su dolor y un odio profundo al cardenal. Necesitaba ennoblecerse para alcanzar lo que deseaba y vengarse. No pasó mucho tiempo. Ana representó una obra de teatro para el rey y Enrique VIII quedó flechado por la hermosura de Ana y empezó a cortejarla. Ana sabía bien qué quería y no estaba dispuesta a ser amante del rey. Aspiraba a algo más, era una mujer inteligente. Era de tez clara, tenía unos ojos hermosos y una gracia única. Su facilidad para tocar instrumentos musicales, bailar y declamar, la hacía una mujer atrayente. Tenía un defecto físico —debido quizá a que en esa época se casaban entre hermanos o parientes cercanos para preservar el linaje—, un sexto dedo en una mano, pero aun eso la hacía más hermosa, pues usaba vestidos con mangas más largas de lo acostumbrado para disimular el defecto, y se manejaba con tanta gracia y naturalidad que el detalle pasaba inadvertido.

Enrique se separó de la iglesia católica, la cual lo había titulado su defensor, para poder dejar a su legítima esposa y declarar bastarda a su hija María Tudor. Asesorado por Thomas Cromwell, se declaró jefe de la iglesia en Inglaterra e instituyó el anglicanismo. Y una noche, sin invitados ni aviso, contrajo matrimonio con Ana Bolena, marquesa de Pembroke, título que Enrique le adjudicó para darle rango noble. Ana se vengó del cardenal Thomas Wolsey, aquel que no le permitió casarse con el hombre que amaba, consiguiendo que Enrique lo enviara a la Torre y le quitara su palacio de Hampton Court y sus bienes. La ambición y el poder apresaron a Ana, "la más feliz de las mujeres", como ella misma se llamó, al casarse con Enrique. Cuando quedó embarazada, una bruja le vaticinó que tendría el más grande monarca inglés, sin embargo tuvo una niña, a la cual llamó Isabel. Enrique se decepcionó muchísimo, dijo que había sido embrujado por ella y que ella le había mentido. Ana intentó tener otro heredero, pero lo perdió y perdió también el favor del rey, quien ya había entrado en tratos con una de sus damas de compañía, una mujer regordeta y no muy agraciada cuyo lema era "nacida para obedecer y servir". Esta mujer era Jane Seymour, a quien apoyaba el partido que no quería a la Bolena. Thomas Cromwell, el mismo que había ayudado a Enrique a idear cómo deshacerse de Catalina de Aragón, formuló un plan para deshacerse también de Ana. Dijo al rey que Ana sostenía romances con un músico (Smeaton), con sus amigos e inclusive con su hermano George. Al músico lo torturaron y confesó tener amoríos con la reina. Jane y la esposa de George apoyaron las acusaciones y Ana fue llevada a juicio. Su padre, un hombre ambicioso y cruel, le indicó a Ana que debía obedecer en todo al rey e inclusive declaró contra ella en el juicio. La hallaron culpable de adulterio, incesto, herejía, traición y actos contra el rey. El rey la envió a la Torre Morada y le quitó a su hija Isabel. Ana envió a Enrique una carta pidiéndole piedad, pero la misiva fue interceptada por Cromwell y destruida. Ana, altiva y con gran dignidad, se presentó el día de su ejecución con el cabello levantado y demostró una gran entereza. Fue ejecutada por un verdugo francés el 19 de mayo de 1536. ¿Recuerdan a la bruja que le predijo que daría a luz al más grande monarca inglés? Finalmente Ana Bolena fue la madre del más grande monarca inglés: la reina Isabel I.

Y aquí empieza mi historia. Se dice que Ana se aparece en aquel lugar a la vista de muchas personas. Me dirigí a Londres en pos de la fantasmal historia, un viaje que duró más de 12 horas en el mes de junio de 2005. Cuando volaba, trataba de imaginar cómo era Londres, pero lo que imaginé no se compara con lo maravilloso que es. Al llegar me dirigí en busca de información a la Torre de Londres, lugar que en la actualidad alberga un museo muy hermoso. Obtuve los permisos necesarios para ingresar a la Torre y realizar la investigación, pero los oficiales que la custodian no me permitieron entrar. Tras reconocerme, dijeron que allí no podía buscar fantasmas, que no había nada paranormal en el interior. Nos demoraron, a mí y a mi equipo de trabajo, largo tiempo. Esto me sorprendió, porque la investigación estaba perfectamente cimentada, gracias a los archivos históricos de Londres relacionados con la actividad paranormal en el lugar. Sólo quería reconocer el terreno y estaba frente a ellos viendo cómo se comunicaban con alguien de mayor rango. Afortunadamente Yuss sostenía una cámara y grabó lo que pudo manteniéndose detrás de la persona que nos detuvo. Cuando este la vio, le exigió que apagara la cámara. Era una tontería que no se me permitiera la investigación. Trataba de hacerles entender que yo era únicamente un investigador y no había viajado de tan lejos para quedarme afuera. El oficial se veía muy molesto. La negativa fue contundente. Uno de los guardianes se acercó a mí y en mi playera leyó: "Organización Mundial de Investigación Paranormal". Se lo comunicó a alguien por radio, quien dijo algo que no alcancé a oír. Luego escuché estas palabras: "Carlos Trejo, no. Carlos Trejo, no".

Por un momento me sentí muy incómodo, mas no pude hacer nada y finalmente nos dejaron ir. Me retiré del lugar con una gran frustración, totalmente desilusionado. En el hotel reuní a mi gente para informarle que la investigación de la Torre se cancelaba. Yuss no estuvo de acuerdo, pero consideramos que sería muy difícil lograr que las cosas cambiaran y no podíamos perder tiempo. Manuel me sugirió que dirigiera la investigación a los campos de trigo de Stonehenge, donde por años han aparecido de la noche a la mañana figuras sorprendentes, trazadas según dicen por extraterrestres. Eso me pareció ridículo, pues no creo en ese fenómeno y lo he dicho en mis libros, pero me pareció interesante y acepté. Estoy seguro de que estarás pensando: "¿dónde quedó la Torre embrujada de Londres?" Sigue leyendo y te sorprenderás.

Por si no conoces el escrito donde explico por qué no creo en el fenómeno de los extraterrestres, lo voy a repetir. Para que un extraterrestre pueda venir desde una galaxia, imagínate qué tecnología tendría que utilizar y qué tan inteligente tendría que ser para llegar con luces en la noche. Y después de cruzar el espacio tomarse la molestia de llevarse al vecino. ¡Qué absurdo! Muchos han tratado de aprovechar ese tema para echarse dinero a la bolsa. Como el tipo que dijo en televisión abierta que tenía un brazalete y que haría una teletransportación a una nave espacial, poniendo día y hora para cumplir el compromiso con el público, y llegado el momento le robaron el brazalete. Como este enfermo y estafador hay muchos. Pero el campo de trigo me pareció interesante, así que fuimos al lugar, a dos horas de Londres.

Al llegar vi los campos de trigo y las figuras, muy interesantes. El lugar estaba repleto de turistas que entre otros recuerdos compraban espigas de trigo. Decidí investigar a fondo. Las personas se mostraban calladas, renuentes a tratar el tema. Nadie quería darme información de lo que pasaba en Stonehenge. Era increíble, ese país no me quería como investigador. ¿Por qué se complicaba todo, qué estaba pasando? Esta vez no desistí y finalmente conocimos a un chavo que vivía en Stonehenge. Se dio cuenta de que buscábamos información y al vernos tan interesados se acercó a nosotros. Su nombre es Lee. El sujeto me cayó muy bien, pues no era la clásica persona del lugar (que no daba información). Era una persona culta, de profesión abogado (en Londres), y cuando le pedí detalles sobre los campos de trigo, sin inhibiciones me dijo que los dibujos eran hechos por los campesinos para atraer turismo al pueblo de Stonehenge. Qué sorpresa me llevé. Pero tenía que verificar lo que Lee me dijo, así que le pedí me explicara cómo lo hacían. Me llevó a su casa y sacó una madera de un metro de largo, atada a una cuerda cuyo extremo opuesto estaba asido a una estaca que se clavaba en medio del campo de trigo. Al principio la cuerda está enrollada, y al ir desenrollándola se va pisando el trigo y se va formando un círculo perfecto. Lee me enseñó a hacerlo y es una de las cosas más sencillas que se puedan imaginar.

Después de descubrir el gran misterio, Lee me preguntó si el interés de mi viaje eran los campos de trigo. Le dije que no, que en realidad era la Torre de Londres, y que por desgracia no había podido entrar. Y le dije por qué. De inmediato me dijo que no me preocupara. Entró a su casa a hacer una llamada telefónica y tras unos minutos salió para informarme que el jefe de la guardia de la Torre de Londres era su hermano y con mucho gusto me daría acceso al lugar. Me preguntó cuándo me interesaba entrar y respondí que lo antes posible. El hermano de Lee y yo acordamos vernos esa noche en las afueras del castillo.

No podía creerlo. Entraría al castillo y en la oscuridad total. En Londres, esperé que cayera la noche para entrevistarme con el hermano de Lee, quien llegó puntualmente a la cita. Al verme se emocionó mucho y eso me llenó de orgullo. Le hablé de mi sorpresa por lo de los campos de trigo. Se rió y me dijo que hacer los dibujos era una tradición familiar. Después me preguntó si estaba interesado en la investigación de la Torre de Londres, le dije que desde luego y le pregunté por qué deseaba ayudarme. Dijo que muchos de sus compañeros habían vivido experiencias muy fuertes allí. A él le había tocado ver el fantasma de Ana Bolena y uno de sus compañeros escuchaba el ruido de la espada cuando cortaban la cabeza de Ana. Y se hablaba de muchas historias más.

Los guardianes estaban familiarizados con esos fantasmas y querían saber si lo que habían vivido era real. Mostraron gran interés en mi trabajo, ya que mi profesión no es común. Les resultaba algo nuevo y deseaban saber cómo se miden, cómo se investigan y cómo se cazan los fantasmas. Esa noche entré a la Torre de Londres en busca del fantasma de Ana Bolena. El lugar era exquisito, sobre todo cuando la niebla lo cubría. Para ingresar a la Torre crucé el puente y después un pasillo muy largo. Ya se hallaban allí varios vigilantes amigos del hermano de Lee. Algunos, motivados por mi presencia; otros, escépticos ante los fenómenos ocurridos en el lugar. Lo primero que hice fue pedir que me mostraran los sitios donde el fenómeno se había dado con mayor frecuencia. Los clasifiqué para identificarlos y empezar la investigación. Entré en primer término al punto que guardaba la armadura de Enrique VIII y otros objetos de la época. Se decía que por las noches la armadura cobraba vida, la escuchaban como si caminara y cuando entraban a esa sala todo era normal. En segundo lugar ingresé al sitio donde se reunían los reyes con su corte. Aquí, según los testigos, se escuchaba cómo salían rezos de las paredes. Hay otra zona muy interesante. Esa noche, uno de los guardias caminaba por un pasillo cuando de reojo vio pasar a una mujer. Se dio vuelta y la vio de espaldas. Quedó pasmado unos segundos y al ver que ella entraba a una habitación la siguió. Con una mano tomó su arma y con la otra trató de detenerla. Se hallaba muy cerca de ella, pero no logró tocarla y al fin la mujer desapareció. Su corazón latía muy rápido, no lograba entender qué había pasado. Una mujer de verdad no podía hallarse allí a esas horas. Además no logró tocarla, su mano pasó a través de ella. Le pedí que la describiera. Era una mujer de vestido largo, a la usanza antigua, blanca y muy bella, con el cabello recogido y un vestido rojo sangre. Le pedí que me mostrara la zona y colocamos monitoreo. Estaba deseoso de que se repitiera el fenómeno; desafortunadamente estos hechos no ocurren cuando uno quiere.

Yuss grabó cada rincón del castillo. Es un lugar fascinante. En todas las habitaciones se percibía una enorme soledad. Las paredes, gastadas por el tiempo, sin duda podrían decir muchas cosas. De las distintas áreas, la que más me impresionó fue la Torre Morada, que sirvió de palacio, prisión y cámara de ejecuciones. En esta Torre fueron encerradas, poco antes de su decapitación, las esposas de Enrique VIII. Allí estuvo confinada Ana Bolena y el día de su muerte pasó los últimos momentos de su vida escribiendo palabras que ya no eran legibles. Había pasado mucho tiempo y además el inglés de aquella época era distinto del actual. Plasmó gran cantidad de frases con mano desconcertada y triste, la mano de una mujer condenada a morir y desgarrada por el dolor de no ver a su hija. Logré percibir eso a través de las paredes y entonces penetré a la mazmorra y pude ver los trazos desesperados y la firma de Ana Bolena. Cuando contemplaba los escritos, fui interrumpido por uno de mis investigadores, quien me informó que en una de las torres se había escuchado el ruido de una cadena o de una reja. Aquella parte del castillo se conoce como Puente de los Traidores. Hay un foso, un puente y una puerta que los traidores cruzaban para ser llevados a la Torre Sangrienta, donde los torturaban y los ejecutaban.

Estuve varios minutos en ese lugar y ya no se escuchó nada. Pensé que los muchachos se habían sugestionado, y cuando estaba a punto de retirarme se repitió el sonido, una sicofonía muy interesante. Buscamos el origen y no dimos con explicación alguna, pero la habíamos registrado. Salí al patio. Lo que verdaderamente me interesaba en esa investigación era ver a los fantasmas, saber quiénes eran y descubrir por qué estaban ahí. La luna brillaba majestuosa en lo alto. Traté de imaginarme en otra época. Ese patio enorme había sido testigo de varias ejecuciones y yo estaba de pie sobre el lugar en que siglos atrás fuera decapitada Ana Bolena. Durante unos instantes miré la ventana del calabozo donde estuvo. Posiblemente desde allí había visto los preparativos de su ejecución. Aunque habían pasado muchos siglos, para mí era como si aquello ocurriese en ese momento. El que a hierro mata a hierro muere, pensé. Conocía la historia de Ana, sabía de su ambición de poder, de cómo traicionó a su hermana y a la reina. Me quedé unos minutos viendo la ventana de la Torre Sangrienta y entré a realizar unas mediciones.

Cerca de la una de la mañana, estando cada quien en su lugar, Yuss escuchó llanto y me lo reportó. No terminaba de decírmelo cuando lo escuché. Era el llanto de una mujer desesperada y hubiera podido jurar que escuchaba a Ana Bolena, en una sicofonía muy dolorosa. Traté de ubicar de dónde salía el llanto y de pronto entró un aire muy frío a la habitación en que estaba. Y así como se presentó, el extraño fenómeno se fue.

Salí muy emocionado a revisar el audio con mis compañeros, que tenían las computadoras encendidas y monitoreaban cada área del castillo. Llamé a todos a una reunión y revisamos la cinta. A eso de las dos de la mañana no teníamos nada nuevo y estábamos muy cansados. De nuevo salí al patio, donde traté de imaginar el momento en que Ana perdía la vida. Sentí como si alguien me estuviera mirando desde la Torre Sangrienta, me di vuelta y mi sorpresa fue tremenda. En la ventana de la Torre, a través de los cristales, se dibujaba la silueta de una mujer. Para no perder de vista la ventana, con la mirada fija empecé a acercarme. La figura era cada vez más clara: tenía frente a mí al fantasma de Ana Bolena. Pude ver su cara de tristeza y le grité: "¡ey, ey! ¿Me escuchas, puedes verme?" Podría jurar que se volvió a verme y puso cara de sorpresa. Se santiguó y se ocultó de prisa. Subí a la habitación lo más rápido que pude y el lugar se encontraba vacío.

No puedo precisar cuánto tiempo me quedé en ese sitio. Lo que puedo decir es que en el cuarto se sentía una tristeza enorme. Luego de reflexionar sobre lo que había presenciado, salí a reunirme con Yuss y mis compañeros en el patio. Amanecía, se acercaba la hora del cambio de guardia y debíamos retirarnos. La gente de mi equipo estaba muy contenta por la experiencia vivida en ese lugar. No faltó quien me tomara del hombro y me dijera que no me desilusionara por no haber visto el fantasma de Ana Bolena. Sonreí, les dije lo que había pasado y quedaron muy impactados. Saliendo del castillo nos dirigimos al hotel. Allí, Yuss revisó cinta por cinta y supusimos que no habíamos logrado captar la imagen del fantasma. Entonces me pareció ver algo y le pedí que regresara el video. Yuss pasó la cinta en cámara lenta y allí, en la ventana de la Torre Sangrienta, se veía el rostro de una mujer con expresión desesperada. Lo más curioso era que en la ventana de abajo se veía el perfil de una persona, cuando en ese momento no había nadie allí. En esos sitios, las cámaras colocadas en el interior no captaron nada, y justamente cuando apagaron el equipo se manifestaron las dos sombras. El rostro que se ve en la ventana de arriba es de una mujer blanca, de facciones finas. Encontré una imagen de Ana Bolena y me di cuenta de que los rostros eran muy parecidos. Era posible, pues, que hubiese estado frente al fantasma de Ana Bolena. Y de ser así, ¿quién era la persona que se veía de perfil en la ventana de abajo?

La investigación me gustó a pesar de las dificultades, pues me ayudó a hacer descubrimientos y avanzar en el intento de rasgar el velo que separa la vida de la muerte. Sólo quiero agregar que durante siglos los castillos fueron fortalezas y refugios de la realeza. En ellos ocurrieron hechos que señalaron hitos en la historia. Aquellas construcciones, testigos de pasiones e intrigas sin cuento, albergan aún, envueltas en una espesa niebla, las sombras de sus antiguos habitantes, tal como en la Torre embrujada de Londres.

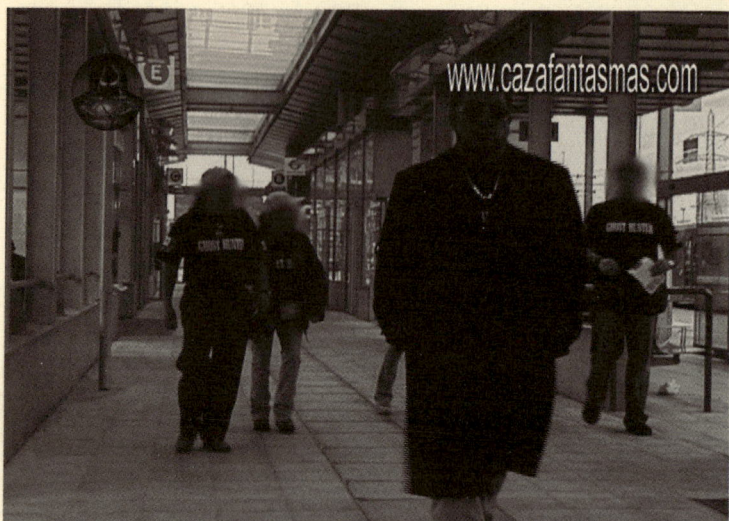

El arribo a Londres.

Carlos reconoce el terreno para la investigación de la Torre.

Figura en los campos de trigo de Stonehenge.

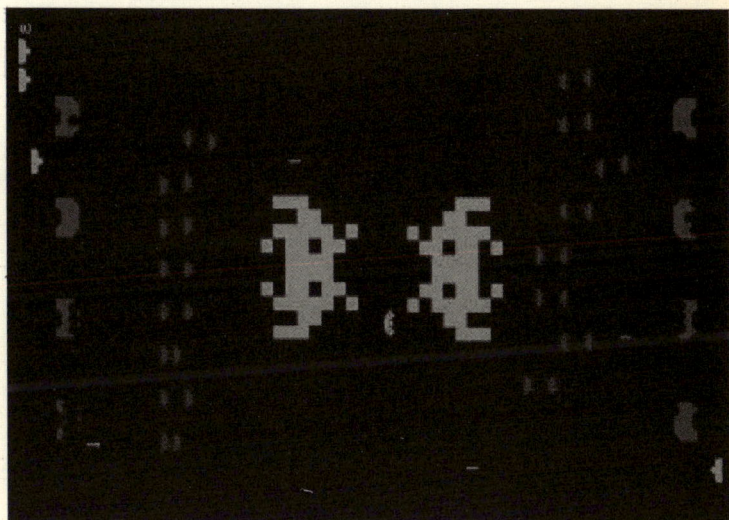
El parecido con una figura de Atari es sorprendente.

Algunos lugareños preparan las figuras para recibir a los turistas.

Círculos de Stonehenge hechos por el hombre.

Un agricultor de los campos de trigo explica a Carlos
que todo se trata de un fraude.

Así se hacen los círculos.

Frente a la Torre embrujada de Londres.

Panorámica del castillo donde se realizó la investigación (Londres).

Otra vista del castillo.

La Torre embrujada.

Carlos dentro de la Torre.

Sorpresivamente aparece un fantasma en la ventana derecha.

Visión cercana del fantasma.

Índice

⊜ Planeta

España
Av. Diagonal, 662-664
08034 Barcelona (España)
Tel. (34) 93 492 80 36
Fax (34) 93 496 70 58
Mail: info@planetaint.com
www.planeta.es

Argentina
Av. Independencia, 1668
C1100 ABQ Buenos Aires
(Argentina)
Tel. (5411) 4382 40 43/45
Fax (5411) 4383 37 93
Mail: info@eplaneta.com.ar
www.editorialplaneta.com.ar

Brasil
Rua Ministro Rocha Azevedo, 346 -
8º andar
Bairro Cerqueira César
01410-000 São Paulo, SP (Brasil)
Tel. (5511) 3088 25 88
Fax (5511) 3898 20 39
Mail: info@editoraplaneta.com.br

Chile
Av. 11 de Septiembre, 2353,
piso 16
Torre San Ramón, Providencia
Santiago (Chile)
Tel. Gerencia (562) 431 05 20
Fax (562) 431 05 14
Mail: info@planeta.cl
www.editorialplaneta.cl

Colombia
Calle 73, 7-60, pisos 7 al 11
Santafé de Bogotá, D.C.
(Colombia)
Tel. (571) 607 99 97
Fax (571) 607 99 76
Mail: info@planeta.com.co
www.editorialplaneta.com.co

Ecuador
Whymper, 27-166 y Av. Orellana
Quito (Ecuador)
Tel. (5932) 290 89 99
Fax (5932) 250 72 34
Mail: planeta@access.net.ec
www.editorialplaneta.com.ec

Estados Unidos y Centroamérica
2057 NW 87th Avenue
33172 Miami, Florida (USA)
Tel. (1305) 470 0016
Fax (1305) 470 62 67
Mail: infosales@planetapublishing.com
www.planeta.es

México
Av. Insurgentes Sur, 1898, piso 11
Torre Siglum, Colonia Florida, CP-01030
Delegación Álvaro Obregón
México, D.F. (México)
Tel. (52) 55 53 22 36 10
Fax (52) 55 53 22 36 36
Mail: info@planeta.com.mx
www.editorialplaneta.com.mx
www.planeta.com.mx

Perú
Grupo Editor
Jirón Talara, 223
Jesús María, Lima (Perú)
Tel. (511) 424 56 57
Fax (511) 424 51 49
www.editorialplaneta.com.co

Portugal
Publicações Dom Quixote
Rua Ivone Silva, 6, 2.º
1050-124 Lisboa (Portugal)
Tel. (351) 21 120 90 00
Fax (351) 21 120 90 39
Mail: editorial@dquixote.pt
www.dquixote.pt

Uruguay
Cuareim, 1647
11100 Montevideo (Uruguay)
Tel. (5982) 901 40 26
Fax (5982) 902 25 50
Mail: info@planeta.com.uy
www.editorialplaneta.com.uy

Venezuela
Calle Madrid, entre New York y Trinidad
Quinta Toscanella
Las Mercedes, Caracas (Venezuela)
Tel. (58212) 991 33 38
Fax (58212) 991 37 92
Mail: info@planeta.com.ve
www.editorialplaneta.com.ve